dear+ novel
oujito ookamidenkano fairytale

王子と狼殿下のフェアリーテイル

小林典雅

新書館ディアプラス文庫

王子と狼殿下のフェアリーテイル

contents

illustration : 小山田あみ

王子と狼殿下のフェアリーテイル

oujito ookamidenkano fairytale

「……綺麗だな。雨上がりの朝の散歩が一番好きかも」

しっとりと水気を孕《はら》んだ緑の香りを吸い込みながら、フランはのんびりと木立の間をそぞろ歩く。

明け方に降った雨の粒が、朝陽を浴びて木々を光の雫《しずく》で飾り立て、茂みにかかった蜘蛛《くも》の巣も貴婦人のデコルテを引き立てる精緻《せいち》な首飾りのように輝いている。

バラの蕾《つぼみ》に乗るひと雫も虹色にきらめき、花の香りを楽しもうと顔を寄せると、さらりと癖のない金髪と緑の瞳の自分の顔が雫に映る。

フランは真顔ならきりっとした美しい顔立ちの母親似だが、性格は父親似ののんき者で、普段きりっとした表情をすることはほぼなく、「あ、寝癖がついてた」と雫を鏡がわりに手櫛《てぐし》で直していると、

「フラン様っ、こちらにおわしましたか。一大事にござりまするぞ！」

と突然しわがれ声が響き、心地よい静寂が破られる。

バラの雫の端に灰色の長衣を纏《まと》い、赤い頭巾《ずきん》を被った老婆の姿が映り込み、フランは軽く吐息を零《こぼ》してから振り返った。

「どうしたの、ばあや。『一大事』って何事？」

ばあやの『一大事にござりまする』は『ちょっと聞いてくださいよ』くらいの意味だと経験上わかっている。

ラフェルテは齢《よわい》七百歳の魔女で、しょっちゅう他愛《たわい》もないことで『一大事にござりまする』と血相《けっそう》を変えて報告に来るので、今回も別にたいしたことではないだろうと気楽に構えていると、ばあやは顔をこわばらせて唇をわななかせた。

「とんでもないことが起きましたのじゃ。五年前のリリティァ姫様に続き、今度はクローディア姫様が駆け落ちなされてしまわれたのでござりまする！」

「……え？」

……クローディア姉様が「カケオチ」って、リリティア姉様と同じあの「駆け落ち」……？

しばし理解に時間がかかり、やっと回路が繋がった途端「え、えええっ⁉」と声も限りに叫んでしまい、フランの声に驚いた小鳥が頭上の枝から慌てて飛び去った。

＊＊＊

フラン・ローゼミューレンはダートシー王国の王子で、十八になったばかりである。

三人姉弟の末っ子で、七歳上のリリティアと二歳上のクローディアという美しく聡明《そうめい》なふたりの姉がいる。

ダートシーの国法では王の後継は性別によらず長幼《ちょうよう》の序《じょ》で決まり、長姉《ちょうし》が次期女王に就《つ》くことは生まれながらの決定事項だった。

ところが五年前、リリティアは隣国カールハートの王子との政略結婚を厭《いと》って恋仲の侍女と出奔《しゅっぽん》するという前代未聞の事件を起こした。

当時フランは十三歳で、姉の引き起こした一件について、両親や重臣たちが憂《うれ》えるような隣国との外交問題や王家の醜聞《しゅうぶん》ということよりも、姉にそこまで本気で好きな相手がいたなら女性同士でも応援するし、もっと早く教えてくれれば絶対味方になって縁談を円満に阻止《そし》する手伝いをしたのに、なぜなにも打ち明けてくれなかったのかということに一番傷ついた。

両親は直《ただ》ちに追手を差し向け、ラフェルテや国王付きの魔導士のダルブレイズも姉たちの行方を必死に探したが、いくら魔法使いでも全知全能ではなく、巧《たく》みにひと足先を越されるばかりでなかなか捉《とら》えられなかった。

婚礼の日はどんどん迫《せま》り、追い詰められた両親は覚悟を決め、カールハート国王に事実を打ち明けて陳謝した。

なんの落ち度もない王子の顔に泥を塗るような真似をした王女が全面的に悪いので、多額の慰謝料の要求や国交断絶、さらに最悪のシナリオではこの件を口実に戦を仕掛けられるかも、などと両親も重臣たちも戦々恐々として返事を待つと、

「なんと奇遇な。実は我が息子も『願いの泉』に飛びこみ、『げんだいにほん』とやらで運命

の相手に出会ったなどと申しており、貴公《きこう》や姫にどう申し開きをすべきか青ざめておりました。当初の相手とは違いますが、どちらも最も望む伴侶を得たようですし、この縁談は白紙に戻し、もしまた御縁があれば、弟の第二王子がただいま二歳なので、貴公に新たに姫がご誕生した暁《あかつき》には是非にもということで」

とまさかの展開で円満に手打ちにできた。

それからしばしののち、長姉から海を越えた遠い国で元気に暮らしているという便りが届き、各方面に多大な迷惑をかけたことへの詫《わ》びと、その地はどんな番《つがい》でも等しく受け入れられる住みよい場所なので、こちらに骨を埋めるつもりだと綴《つづ》られており、両親は長姉を連れ戻すことを断念し、正式に次期女王には次姉《じし》がなることが決定した。

必然的にフランの王位継承権も三位から二位に浮上したが、次姉は長姉に劣らぬ才媛《さいえん》で、女王位に就けば失策もせず長く王座に君臨するだろうというのはみな同じ意見だった。

よっぽどのことがなければ自分にお鉢《はち》が回ってくることはないだろうとフランは高を括《くく》り、元々勉強より絵を描いたりするほうが好きだったので、苦手な課目の講義はさっさと逃げ出し、気ままに絵筆を取ったり、昼寝や読書や王宮の森の木の上でぼうっと風の通り道を眺めながら空想に耽《ふけ》るような気楽な王子生活を送っていた。

長姉と同様にクローディアにも生まれながらに取り決められた婚約者がおり、北の国境を接する小国アストラルの第二王子フェリウス・ティンタージェル殿下が成人後に婿《むこ》入りしてくることが二十年前から取り決められ、結婚式は目前に迫っていた。

両親は長姉での失敗を踏まえ、次姉には結婚前から互いの人となりをよく知りあえるように定期的に手紙のやりとりをさせ、十六歳から毎年誕生日にはフェリウス殿下を城に招いて直接対面する機会も設け、『会ったこともない、よく知らない相手と結婚するなんて嫌』と言わせないように外堀を埋めていた。

また、次姉のそばに年頃の男子を近づけないよう気を配り、それでも万が一王子以外に好きな相手ができたら、頭ごなしに反対せず検討するから早まらずに正直に言うように、とも言い含めていた。

両親の心配をよそに、多感で夢見がちだった長姉と違って常に理性的で論理的で合理的なクローディアは、

「大丈夫よ、私は自分の立場をちゃんと弁《わきま》えているから、姉上のような外聞の悪い不祥事は起こさないから心配いらないわ。私が結婚で得たいのは国の安定で、ロマンスなんて求めていないし、愛だの恋だのが絡まなくても結婚はできるもの。必要とあらばカールハートの十三歳下の第二王子と結婚しても構わないくらいよ。ただ、予定どおりアストラルとの絆《きずな》を強くすることで北の大国ギーレンを牽制《けんせい》できるし、フェリウス殿下は人柄も容貌も水準以上で嫌う理由もないから、私に課された責務はちゃんと果たすつもりよ」

と割り切った口調で語り、両親を安堵させていた。

日頃からクローディアは感情の発露《はつろ》が乏《とぼ》しい質《たち》で、血沸き肉躍る馬上槍《やり》試合の観戦や、華やかな仮装で賑《にぎ》わう城下の謝肉祭や、旅芸人の一座の人間業《わざ》とは思えない雑技や吟遊詩人《ぎんゆうしじん》の号《ごう》泣《きゅう》必至の悲恋物の朗誦《ろうしょう》など、周りの観衆がいかに盛り上がって酔いしれていようと、ひとり表情も変えずに「なかなか見事ね」と淡々と言うようなタイプだった。

結婚式の準備で城内が活気づいていても、次姉はうきうき心待ちにするような態度も見せなかったが、ためらいや迷いを見せることもなく、殿下と頻繁に文通を続けていたから、てっきり顔には出さないだけで、手紙には甘い言葉を綴っているのかも、と勝手に思っていた。

それなのに、誰かと駆け落ちしたということは、相手は婚約者以外の人のはずで、そんな相手がいたこと自体初耳だし、そもそもあの常に冷静な次姉と「駆け落ち」という情熱的な言葉がどう頑張っても結びつかない。

もしいま現在王宮のどこにも姿が見えず消えてしまったのが事実なら、駆け落ちではなく犯罪に巻き込まれて攫《さら》われたというのが真相なのでは、とフランが青ざめたとき、ラフェルテが一通の手紙を袂《たもと》から取り出した。

「こちらはフラン様宛ての書き置きにござりまする。今朝方、クローディア姫様付きの侍女がご寝所《しんじょ》に伺うと、すでにお部屋はもぬけの殻《から》で、書物机の上に御家族様と婚約者殿に宛てたお詫びのお手紙だけが残されていた由《よし》」

茶色い斑点《しみ》だらけの筋張った手で差し出された手紙を見つめ、姉の手跡《しゅせき》を認めても、まだどこか手の込んだ悪戯《いたずら》なのではという疑いが拭《ぬぐ》えないまま手紙を開く。

『愛するフラン

まさかこの私までリリティア姉様と同じことをするなんて、きっと信じられないでしょうね。でもよくよく考えてのことなのです。身勝手な姉をふたりも持ったことをどうか許してね。五年前、姉上が侍女と駆け落ちしたとき、王族の立場も顧《かえり》みず道ならぬ恋を選ぶなんて、なぜそんな無責任で軽はずみなことを、と正直呆れたものですが、それは私がまだ本当の恋を知らない子供だったからでした。

一年とすこし前、前任の伝書ドラゴンが休職して代わりに私の担当になったドーセットに出会い、手紙の扱いが丁寧なのと優しい眼差しに好感を持ちました。それまではフェリウス殿下には両親の言いつけで義務として手紙を書いていましたが、ドーセットに出会ってからは、手紙を手渡して見つめあうひとときのために頻繁に書いていたの。ドーセットは普段は白い鱗《うろこ》の美しい竜ですが、満月の夜だけ人の姿になる竜人《りゅうじん》で、変身したところを見せてもらったとき、本当に脳天に雷が落ちたような心地を味わったの。竜の姿でも初対面から惹《ひ》かれましたが、人の姿の彼にも心を奪われ、どちらの彼も私にとって特別な相手になりました。

それから人目を忍んでひそかに愛を育《はぐく》んでいたのだけれど、彼は平民の竜人が王女と結ばれる道理がないし、既に立派な婚約者もいるからと身を引こうとしたの。

私も次期女王の身で、一時の衝動で道を誤ることなどできないし、私が一番に考えるべきはこの国の民の暮らしを守ることで、自分の恋の成就《じょうじゅ》ではないと別れを覚悟しました。

すでに姉上の一件で王家の体面に大きく傷がついているのに、私まで同じ愚行《ぐこう》を繰り返すわけにはいかないと何度も自分に言い聞かせましたが、彼がこの先私以外の誰かと結ばれることを考えるだけで胸が締め付けられ、女王として国を善《よ》く統《す》べられたとしても、彼と共に歩めない人生に意味があるのかと幾夜も枕を濡らしました。

以前父上から、もしほかに好きな人が出来たら正直に言えと言われていたけれど、フェリウス殿下との婚約を解消してドーセットを正式な伴侶にしていいと言ってくれるとは思えず、言い出せませんでした。でもどうしてもお互いに想いを断ち切ることができず、誰にそしられてもこうするしかないとふたりで決めました。

あなたは姉上のときも、相手が侍女だろうと本気で好きなら味方になってあげたかったと言っていたし、きっと私のことも理解してくれると思ったから、何度も相談しようと思ったのよ。でもラフェルテにも知られて『一大事にござりまする！』と騒がれたくなかったから言わずに発《た》ちますが、あなたにだけは行き先を伝えておくわね。ドーセットの故郷のフーデガルドに身を隠すつもりで段取りを整えてあるの。あてどもなく逃避行するわけではないから心配しないでね。

フェリウス殿下には本当に申し訳なくて顔向けできないけれど、きっとあの方ならすぐに良縁が見つかるでしょうし、いつか許していただけるように祈るしかありません。

それとあなたにも、私が身分を棄《す》てることで負担をかけることになり、済まなく思っています。あなたはこれまで王位とは無縁だと完全に気を抜いて、かなりぐうたら生きてきたから、突然の次期国王の立場に戸惑っていると思うの。でもあなたもまがりなりにも王家の一員として、姉上や私になにかあった場合の心構えは一応培《つちか》ってきたはずです。父上がご壮健《そうけん》なうちに改めて気合いを入れて学び直し、将来に備えればきっと間に合うわ。あなたはのんき者だけれど、心根の優しいいい子だから、きっと民思いの善き国王になれると信じています。

どうか私の最初で最後の我儘《わがまま》を聞き入れてください。いつでもあなたの幸せを願っています。

クローディア』

長い手紙を読み終え、「……う、嘘……」とフランは掠《かす》れた声を絞《しぼ》り出す。

姉が誘拐されたわけではなく自発的に出奔したのだとようやく飲み込めたが、それでもまだ理解が追いつかなかった。

あの冷静沈着な姉が駆け落ちも厭わないほどの本気の恋をしたということ自体に仰天《ぎょうてん》するし、その相手が竜だったというのにも度肝《どぎも》を抜かれた。

いや、ただの竜じゃなく竜人だから、それくらい特殊で稀少な相手じゃないとあの個性的な姉の感性には響かなかったのかもしれない。

それにしても、雷に打たれたような衝撃を受けたとか、身分差や種族差に別れを覚悟して涙したとか、そんなドラマチックな恋をどっぷりしていたらしいのに、びっくりするほど安定の無表情だったからまったく気づけなかった。

フランにはまだ許嫁《いいなずけ》もおらず、初恋も未経験だが、物語に出てくる恋には純粋に憧れるし、いつかは自分も恋をしてみたいと思っている。

将来政略結婚することになっても、できれば相手に愛情を抱いて仲睦《むつ》まじい夫婦になりたいが、クローディアは『私は恋愛に興味はないし、フェリウス殿下にもときめきを感じたことはないけれど、むしろそのほうが結婚生活を維持《いじ》するのに好都合だと思うの。だってもしいまのあの方にのぼせあがっていたら、将来父上のように頭頂部の薄い小太りの中年になったら劣化《れっか》に幻滅するかもしれないけれど、ゼロからの出発なら好感度が大きく目減りすることもないでしょうし』などとひどく情緒の欠落《けつらく》した夢のないことを言っていた。

そのときは姉の性格だからこんなものかもとうっかり聞き流してしまったが、よく考えればあれほど素敵な婚約者相手にそこまで醒《さ》めた態度なのはいくらなんでもおかしいと気づくべきだった。

年に一度、姉の誕生日に城を訪れて祝いの席を共にしていたフェリウス殿下のことを、同席していたフランはほとんど心酔《しんすい》するレベルで憧れていた。

地理的な要衝《ようしょう》だがあまり豊かではない小国から入り婿に来るという立場を弁えてか、常に控え目に振る舞っていたが、いつもきちんと撫でつけられた金の髪に北方の氷河のような青い瞳の類《たぐい》まれな美貌の持ち主で、物腰柔らかで八ヵ国語に通じ、楽器もたしなみ、武芸にも秀《ひい》で、ダンスも上手で、姉に紳士的なのは当然として、召使たちにも感じがよく、世の娘たちが思い描く『夢の王子様』を具現化したような貴公子だった。

彼が訪れる日は姉以外の城のすべての女性たちが色めきたち、母でさえラフェルテに頼んでうっすら若返りの魔法をかけてもらっていたし、フランもすこし話をするだけでも神々《こうごう》しいほどの美貌や優しさの滲《にじ》み出る物言いに感激し、殿下が帰ったあと、姿を思い浮かべながら絵を描いたりしてみたが、実物には遠く及ばなかった。

もっと生理的に耐えがたい御面相《ごめんそう》で人格が歪《ゆが》んだ王子だったとしても交換は適わない政略結婚の相手がフェリウス殿下だったというのは、宝くじなら一等が当たったくらいの大金星で、普通の王女なら己の幸運に歓喜すると思うが、クローディアは彼を前にしても決して浮足立つことなく平常心を保っていた。

いま思えばフェリウス殿下に対しては本当に微塵《みじん》も心が動いていなかったからだとわかるし、頻繁に文通していたのも単に伝書ドラゴンの恋人に会いたいがためのダシだったらしいが、相手からしたら、面と向かっては儀礼的でもこれほど熱心に手紙をくれるのだから、本気で想われていると信じていたに違いない。

真実を知ったときのフェリウス殿下の胸中《きょうちゅう》を思うと不憫《ふびん》でならないが、ふたりの姉が揃って愛に走って位を棄てたせいで思わぬ尻ぬぐいを強《し》いられている自分も不憫さでは負けていない気がする。

一応姉思いを自負している弟としては、情緒欠落気味だった次姉が、本気でこの人しかいないと思える相手に出会えたことは、姉のために素直に喜びたいとは思う。

何度も国のために諦めようとした、という部分を読んで胸が痛んだし、自分の恋を犠牲にして女王としての務めを果たすだけの人生を強いるのは姉のためにどうなのかと思う気持ちも嘘ではない。

どちらの姉にもひとりの人間としての幸福を追求する権利があるし、幸せになってほしいと心から思っているが、その結果自分に重責《じゅうせき》が降りかかってくるならなんとしても避けたい。

昔から姉がふたりとも頭脳明晰《めいせき》で神童の誉《ほま》れ高かったおかげで、フランはなにも期待されずにただ可愛がられるのが仕事のようなぬるま湯生活が許されており、まさか姉のどちらも王位を継げないような不測の事態が起きることなど想像もしなかったし、いざというときの心構えなんてこれっぽちも培ってこなかったのに、急におまえが次期国王などと言われても唖然とする以外言葉がでてこない。

姉の手紙には『あなたならきっと善き国王になれる』などと取ってつけたように書いてあるが、一日の大半をたびたび昼寝に費やしていたような自分にはとても無理に決まっている。

三人姉弟の残りが自分しかいないからといって、器《うつわ》じゃない役目を押し付けられても困るし、こうなったらなんとしても両親を説得して、次姉とドーセットとの結婚を許してもらい、ふたりを連れ戻して姉に王位を継いでもらうしかない。

姉には愛も女王位もどちらも手にしてもらい、フェリウス殿下には丁重にお詫びをして、結婚以外の方法でアストラルとの同盟関係を強化すれば八方丸く収まるはずだ。

フランはこくりと頷き、そばに控えるラフェルテを見おろし、

「ばあや、いますぐ父上たちのところに連れていってくれる？　ダートシーの未来がかかった本物の一大事なんだ」

と長年の手油でつやつやした杖《つえ》の柄《え》を握るばあやの右手に自分の掌《てのひら》を重ねる。

なんとか姉の幸福に水を差さずに自分の気楽な人生も守るために、フランはばあやと共に急いで王宮に向かった。

＊＊＊＊

「父上母上っ、たったいま姉上の手紙を読んだところですが、どうか僕の考えをお聞きくださいっ……！」

森から一瞬で空間移動して王の間に下り立つと、フランは玉座《ぎょくざ》に並ぶ両親のもとに駆け寄る。

「まさかクローディア姉様まで駆け落ちしてしまうなんて夢にも思いませんでしたが、手紙から姉上の本気が伝わってきましたし、リリティア姉様のときのように勘当《かんどう》するのではなく、速《すみ》やかにふたりの結婚を許し、城に戻ってくるようお命じになってください！　僕が使者に立ってふたりを連れ戻して参りますから……！」

姉たちの居所《いどころ》はわかっているので、両親の許しが出次第ばあやに頼んで竜人族の村に行き、説得して連れ戻せば、事が周りに知れ渡る前に内々におさめられるし、自分の自由な立場も守れる。

前のめりに懇願《こんがん》したフランを失意と諦念《ていねん》の滲《にじ》む瞳で見やり、父のルドヤードは首を振った。

「その必要はない。すでにダルブレイズがふたりの居場所を突きとめ、大人しくいますぐ戻ればば相手の竜人の命だけは助けてやると伝えさせたが、あの娘は死んでも戻らぬし、相手の鱗《うろこ》一枚でも傷つければただではおかぬと抗《あらが》い、村の竜人どもをたきつけて、あろうことか国王の使者に向かって一斉に炎と瘴気《しょうき》を吐かせて追い返したのだ」

「えっ……！」

すでに自分が向かう前に交渉が決裂したと告げられ、フランは目を瞠《みは》って父の玉座のそばに跪《ひざまず》くダルブレイズに視線を向ける。

彼は実年齢二百五十歳で、見た目は四十代くらいの有能な魔導士だが、よく見ると茶色のローブのあちこちが焦げて焼け焦げており、竜人たちの集中攻撃から辛くも逃げのびてきたことが窺えた。

王宮で使役《しえき》している伝書ドラゴンは、手紙を燃やしたりしないように火を噴くことは禁じられており、翼や尾を振りまわして人に怪我をさせたりしないように動きも優雅なので、つい人を殺《あや》める力を持っていることを忘れがちだが、元々最強の部類に属する種族である。

でも、理由もなく攻撃してきたわけではなく、無慈悲な王命に対しての抗議であり、もう一度自分が別の伝言を持って交渉に当たれば姉たちも耳を貸してくれるに違いない。

フランは肉づきのよい口元をへの字に歪《ゆが》めているルドヤードに再び訴えた。

「父上、どうかお怒りを鎮《しず》めてお聞きください。あの姉上がそんな熱い言葉を吐くなんて、心底ドーセットを愛しているからでしょうし、もうどんなに反対しても心を変えるとは思えません。ふたりの結婚を認めて呼び戻すほうが現実的な選択です。自分で言うのもなんですが、僕のような頼りないポンコツ王子と切れ者の姉上ならどちらが国家の長にふさわしいか、考えるまでもないでしょう？　たとえ伴侶が人外の幻獣《げんじゅう》だろうと、姉上が女王になるほうが絶対にこの国のためです」

なんとか難を逃《のが》れようと言い募《つの》ると、脇に控えるラフェルテが「畏《おそ》れながら！」と声を張り上げた。

「フラン様はポンコツなどではございませぬ！　このラフェルテが持てるすべての真心と愛情

を込めてお育てした御方にござりますれば、多少根性がなく苦手なことから要領よく逃げがちで、二言目には『昼寝したい』と口走る軟弱者に見えようとも、いざとなれば名君の器《うつわ》に……！」

急に割り込んで余計なことを言いだす口を慌てて塞《ふさ》ぎ、「わかったから、ちょっと黙ってて、ばあや」と小声で言い聞かせてから顔を上げる。

「……ええと、どこまで話しましたっけ。とにかく、女王の伴侶が人間でなければならないという国法はないですし、そもそも父上たちがフェリウス殿下に手紙を書け書けと姉上をせっつくから、言いつけどおり真面目に書いていたら前任の竜がアストラルまでの頻繁《ひんぱん》な往復で身体を壊し、若いドーセットが後任になったわけで、ふたりを引きあわせたのは父上たちとも言えますよね。ですから仲を引き裂くのではなく、ふたりの結婚を許してあげてください。いますぐ連れ戻せば、王女がふたり続けて駆け落ちしたという醜聞《しゅうぶん》は立たずに済みますし、僕の説得なら姉上もきっと信じてくれますから、もういますぐ行ってきます！」

ぐずぐず許可を待たずに実力行使で先に姉のもとに行ってしまおうとラフェルテを振り返ったとき、「お待ちを、フラン様」とダルブレイズが声を上げた。

「両陛下にはお考えがあってのこと。それにいますぐフーデガルドにいくのは危険かと。きっとまだ竜人たちが警戒を解かずに姫様とドーセットを守っているはずです。ドーセットはさすがに顔見知りの私に直接炎を吐いたりはしませんでしたが、ほかの竜人たちは容赦《ようしゃ》なく攻撃してきました。つい最前のことゆえ、フラン様とラフェルテ様がいまあちらに姿を現せば、また連れ戻しに来たのかと問答無用で攻撃される恐れがあるかと」

あちらに着いた途端、灼熱《しゃくねつ》の火焔《かえん》放射を浴びるところを想像してゾワッと鳥肌を立てつつ、

「い、いいや、大丈夫だよ、僕の姿を見れば姉上が竜人たちを止めてくれるだろうし、『僕は姉上の味方です！』って叫びながら行くから」

と怪しい対処法を口にしながら、フランは父に目を戻す。

「父上、いまの報告からもドーセットの人柄が垣間見《かいまみ》えると思いませんか。意に染まぬ王命《おうめい》を聞いてもドーセットだけは攻撃に加わっていませんし、ほかの竜人たちからも王女を攫《さら》った不届き者としてつまはじきにされたりせず、皆で匿《かくま》おうとしてくれるなんて、それだけ人徳があるのでしょう。姉上が変な相手を好きになるわけがありませんし、姉上の見る目を信じて受け入れてあげては。それに父上は以前ほかに好きな相手ができたら頭ごなしに反対せず検討するとおっしゃったのですから、約束通り前向きにご検討されるべきかと」

かなり説得力のある主張が出来ている気がする、と手応《てごた》えを感じたのに、ルドヤードはフランの言葉に心を動かされた様子はなく、

「もちろん検討した上での結論だ。伝統あるダートシー王家の歴史の中で竜人を伴侶にした者などひとりもおらんし、非の打ちどころのないフェリウス殿下を袖《そで》にして伝書ドラゴンと出奔《しゅっぽん》するような愚《おろ》か者は、もう余《よ》の娘ではない」

と黄金の玉座の肘置《ひじお》きに乗せた手をぐっと無念そうに握る。

父は普段はちょっとダメおやじなところが親しみやすいタイプで、可愛がっている火トカゲにくしゃみをされた弾《はず》みに火を噴かれて口ひげを焦がしたり、母のアドミラが父の健康管理のために没収《ぼっしゅう》して隠した『手を入れると好きなお菓子が出てくる魔法の巾着袋《きんちゃくぶくろ》』を執念《しゅうねん》で探しだし、たらふく間食《かんしょく》したことが発覚して、母と御典医《ごてんい》と料理長と警備隊長に取り囲まれて叱られたりするところをフランは愛していたが、さすがに今度の姉の不祥事《ふしょうじ》に際しては厳しい表情を崩さなかった。

フランはそれでもなんとか食い下がり、

「父上、結論を急いではなりません。僕も個人的には断然フェリウス殿下に婿入《むこい》りしてほしいですが、肝心《かんじん》の姉上がドーセットでなければ嫌だと言ってるのですから、致し方ないのでは。とにかく、こんなことで姉上を廃するなんて国家の損失です。王家に異種族婚の前例がないというのなら、姉上を一例目にしたらいいではありませんか」

と懸命に訴える。

王家では珍しくても、巷《ちまた》では異種族間で番《つが》うものもいると聞くし、ドーセットの人柄が誠実で、姉と真剣に想いあっているなら、それが一番大事なことなのではないかと思う。

異種族の伴侶といっても、遠目からではどこにいるのかわからないようなフンコロガシの精霊とかではなく、大きくて見栄《みば》えもするドーセットが謁見《えっけん》の間で女王の隣に座っていたら、圧巻の迫力に他国の外交使節も無理難題を簡単に言えなくなるかもしれないし、巨竜《きょりゅう》を手なずけた女王という一種の箔《はく》がつくかもしれない。

姉の政《まつりごと》に余計な口出しをせず、適切な助言や癒《いや》しの言葉で心の支えになってくれるなら、姿形はどうあれ女王の伴侶にふさわしいと言えるのではないか、と重ねて主張しようとしたとき、父が深い溜息と共に言った。

「フランよ、もうこの話は終わりだ。あれが王家の生まれでなければ誰と結婚しようと構わぬが、余の娘でいる限りそんな自由は許されぬ。……色恋などまるで関心がないようなそぶりでリリティアの二の舞を演じるとは、娘と言えど本当に女というものはわからぬな。アドミラとも話し合い、今日限りクローディアとも親子の縁を切ることにした。勝手に出て行ったのだから、二度と城に戻ることはまかりならん」

「そ、そんな、父上っ……！」

飛び出して取りすがろうとしたフランを見据《みす》え、ルドヤードは続けた。

「もはや我がローゼミューレン家の直系はおまえしかおらぬ。これがなにを意味するかわかっておろうな、フラン」

重々しい声で告げられ、フランは息を止めて固まる。

「……えっ？」

わかってはいるが、わかりたくない気持ちで聞き返すと、

「とぼけた顔をするでない。おまえが余の跡を継いでダートシーの次期国王になると申しておるのだ」

と軽くヤキモキした表情で念押しされ、一瞬真っ白になった頭の中が急激に真っ黒に塗りつぶされていく。

いままでさんざん言葉を尽くして訴えたことがすべて無に帰《き》し、一番避けたかった事態に追い込まれたことを悟《さと》り、フランは絶望感にまみれながら言い募る。

「待ってください、父上母上！　姉上に見切りをつけるのが早すぎます！　それに僕が出来損《そこ》ないなのは、おふたりも百も承知ではありませんか！　僕を溺愛《できあい》するばあやでさえ、さっき庇《かば》うつもりでまったく誉めてなかったし、王位は優秀で向いている人材が継ぐべきです！　僕なんか、もし一日じゅう同じ姿勢でぼぅっとしてろと言われたら喜んでやるような筋金入りのぐうたら者だし、僕を跡継ぎにするなんてダートシーを泥船《どろぶね》に乗せるようなものですよ！　そんな危険を冒《おか》すより、リリティア姉様かクローディア姉様を伴侶込みで連れ戻すべきです！　どうか冷静にご判断ください！」

実際のところはポンコツな自分が嫌いではなく、むしろ好きだが、望まぬ未来を回避するためにはとことんこきおろさなければならない。

己のへっぽこ具合を懸命に訴えていると、それまで黙っていたアドミラが口を開いた。

「あなたこそ、すこし落ち着きなさい。お父様はあんな言い方をなさったけれど、決して娘たちが憎くて見捨てたわけではないのですよ。強く反対されても揺るがぬ決意かどうかを確かめ、陰ながら見守ることに決めたのです。リリティアもあれからヴェロニカと彼《か》の地で平穏に暮らしているそうですし、クローディアも市井《しせい》で暮らすほうが幸せに生きられるのなら、そうさせてやろうと思ったのです。もしあなたの望みどおりふたりのどちらかを連れ戻して女王位に就《つ》かせれば、伴侶について心ない言葉を吐く者は後を絶たないでしょう。王室の結婚にも変化や改革は必要ですが、先駆者というのは必ず多くの批判や中傷《ちゅうしょう》に耐えねばなりません。娘たちが自《みずか》ら改革の旗手《きしゅ》になりたいと望むならまだしも、親としては我が子をわざわざ批判の矢面《やおもて》に立たせて晒《さら》しものにするようなことはしたくないのです」

そんな親心を聞かされると反論しづらいが、それでは姉上たちは愛と平和を手に入れて幸せに暮らせても、僕自身の幸せがとんでもなく遠のくのですが、と言いたくなる。

いっそ新たにもうひとり弟か妹をもうけてもらい、その子に英才教育を施《ほどこ》して後継になさっては、と苦肉の策を持ち出そうとしたとき、アドミラが優しく笑みかけてきた。

「可哀相に、あなたはずっと上ふたりの出来が良すぎたから、すっかり自分は凡人《ぼんじん》以下と思いこんでいるのですね。でも決してそんなことはありませんよ。まずあなたには豊かな絵の才能があるし、ほかは……ちょっといますぐには思いつかないけれど、きっとやればできたでしょうに、講義から逃げ出すあなたを厳しく咎《とが》めずに野放しにしていた私たちにも落ち度があります。でも教養はいつからでも身につけられるし、知識だけあっても冷酷で人の心がわからぬような者では上に立つ資格はありません。その点、あなたは素直で寛容で心のあたたかな子だし、上ふたりほど生き方にこだわりがないから、これから王位継承者としていかようにも磨《みが》かれていくはずです。それに側近《そっきん》に精鋭が揃っていれば、多少上がぽやっとしていても国は立ちゆくものなのです。だからあなたももうふたりの姉はいないものと諦めて、腹を括《くく》りなさい」

「……ええ……」

母にも持ちあげているのか落とし込んでいるのかよくわからない言い方でダメ押しされ、フランは途方に暮れる。

いや、でもやっぱり僕には重荷だし、僕だって気楽な生き方にはものすごくこだわりがあります、と食い下がろうとしたが、ぞろぞろと重臣たちが入ってきて、アストラルにどう釈明して穏便に婚約解消を受け入れてもらうかについての御前会議が始まってしまう。

もう話を聞いてもらえる雰囲気ではなくなってしまい、仕方なくとぼとぼと退室すると、廊下に出た途端、ラフェルテが喜色《きしょく》を抑えきれない様子で言った。

「フラン様、次期国王のご決定、まことにおめでとうございまする。クローディア姫のご出奔《しゅっぽん》という事情を慮《おもんばか》れば、あまり大きな声で寿《ことほ》ぐのも憚《はばか》られますが、ばあやは嬉しゅうございます。フラン様の戴冠式《たいかんしき》をこの目で拝《おが》むまでは、おちおち死んでもいられませぬ」

浮かれきったラフェルテを横目で見おろし、フランは肩を落として溜息を吐く。

「全然おめでたくないいし、ばあやは二百年くらい前からそろそろお迎えが来そうだって言い続けてて全然死なないからたぶんもう死なないんじゃないかってダルブレイズも言ってたし、僕がほんとに王になるかわからないけど、もしなるとしてもあと三十年は父上に頑張ってもらうから、当分先だよ」

「このばあやにとっては三十年などあくびひとつほどのあっという間。生きる楽しみが増えましたわい」

「いや、だから全然楽しくなんてないってば」

人の話を聞かないばあやに口を尖《とが》らせて文句を言いながら自分の部屋へ戻ろうとしたとき、

「フラン様、このたびはおめでとうございます」

と背後から宮廷家庭教師のダットガロットに気取った口調で挨拶《あいさつ》された。

フランが勉強嫌いになった一因はこの教師にあり、一教えれば十悟るような姉たちと同じ教え方をして、「なぜ王子様にはご理解いただけないのでしょう。同じ説明で姉姫様たちなら立ちどころにご理解くださいましたのに」といちいち比べて嫌味を言うので途中から努力する気をなくし、脱走することばかり考えるようになってしまった。

やせぎすの長身を不自然に反《そ》らせる立ち姿や丸い鼻眼鏡越しの冷笑的な視線、前髪を真ん中分けにして撫でつけた髪油の匂いまで、すべてが苦手で極力近づきたくない相手だったが、無視するわけにもいかずに足を止める。

作り笑顔で会釈し、すぐに立ち去ろうとしたら、相手は慇懃《いんぎん》に一礼して言葉を継いだ。

「先ほどクローディア姫様の一件を伺いまして大変驚愕《きょうがく》いたしましたが、前回のリリティア姫様のときに若干免疫《じゃっかんめんえき》ができていたのか、案外早く衝撃から立ち直ることができました。つきましては、このたび両陛下より、改めてフラン様の帝王学のご指南役《しなんやく》を拝命仕《はいめいつかまつ》りましたので、及ばずながら精一杯務めさせていただきます」

「え」

またも耳が拒否する言葉を吐かれ、フランは硬直する。

相手はずいと間合いを詰め、

「以前はお教えすることが叶わなかった幾何学《きかがく》や物理学や修辞学《しゅうじがく》や天文学や哲学などすべての教養課目をいま一度ご教授せよとのお達しで、あまりにも膨大《ぼうだい》な量の教え残しがありますので、早速《さっそく》本日から講義を再開させていただきます。……あ、それからいままでより格段に厳しい態度で臨《のぞ》むようにとの両陛下直々《じきじき》の御要望で、もしもお逃げになろうとする気配を感じたら、鞭《むち》や拘束具を用いてもよいとのご許可もいただいておりますので、そのおつもりで」

と目の前に迫《せま》りながらニタリと怖い笑みを浮かべてくる。

「えっ、む、鞭って、本気……!?」

目を瞠って震え声で聞き返すと、怖い笑顔のままこくりと頷かれ、そのまま腕を摑まれてぐいぐい廊下を引きずられる。

「ちょ、いまからもう？　待って、まだ朝一回目の昼寝も済んでないし……、ば、ばあや、助けて……！」

石造りの廊下に敷かれた赤い絨毯《じゅうたん》を踵《かかと》で乱しながら悲鳴を上げてラフェルテに手を伸ばすと、

「フラン様がご立派な国王になるために必要なことにございますゆえ、それは致しかねまする」

と手を振って見送られてしまい、勉強部屋に連れ込まれて閂《かんぬき》をかけられる。

その日からフランは鞭を片手にしたダットガロットに朝から晩までつきっきりで勉強部屋に閉じ込められ、いままでさぼっていた十数年分のツケを一気に払わされることになってしまったのだった。

＊＊＊＊＊

「……もう足が疲れて棒みたいだよ。きっとここずっと昼寝させてもらえてないからこんなにバテるんだと思う。早く部屋に戻って昼寝したいよ。いや、もう夜だから夜寝か」

疲労困憊《こんぱい》したフランが一階のバルコニーの手すりに両腕を投げ出して凭《もた》れながらぼやくと、

ラフェルテが呆れた口ぶりで言った。

「よくもいまこの場で『昼寝』などという言葉を口に出せますな。せっかくフラン様のために開かれた舞踏会の真っ最中だというのに、もっと身を入れて花嫁探しをなさりませぬか」

「だって、父上たちが勝手に企画して催《もよお》しちゃっただけで、僕はまだ結婚なんてしなくていいし、毎日鬼教師にしごかれてよれよれなのに、今日はずっと愛想《あいそ》笑いを貼りつけて踊り続けなきゃならなくて、もうへとへとなんだよ……」

次姉《じし》の駆け落ちからひと月が過ぎ、ダットガロットの鞭《むち》の脅《おど》しに屈《くっ》して一応大人しく従っているものの、心の底ではまだ跡継ぎの件を受け入れきれていなかった。

なんとかして姉たちに委《ゆだ》ねたい気持ちを捨てられないフランの心中を見抜いた両親は、結婚相手が決まれば自覚も育つのではないかと目論《もくろ》んで、年頃の姫や令嬢がいる王侯貴族に国内外を問わず片っ端から招待状を送り、花嫁候補を一堂に集めた盛大な舞踏会を催した。

昼すぎからの園遊会では招待に応じてくれた姫君や令嬢とそのお付きが長い行列を作り、延々紹介されて挨拶《あいさつ》を交わし続け、夕方から始まった舞踏会でも順番を待つ令嬢とひとりずつダンスをしながら気に入った相手を探すよう強《し》いられている。

自《みずか》ら望んだ催しではないが、一応自分のためにわざわざ季節が違うような遠方の国から出向いてくれた姫君もおり、真剣に伴侶選びをしようと最初は思っていた。

が、あまりにも多くの令嬢がいすぎて、最初の数人でもう顔と名前とどこから来たのかがあやふやになってしまい、どんどん情報量が増える一方で整理がまったく追いつかず、機械的に笑顔を貼りつけて踊っているうち、頭と足の疲労が限界に達し、ラフェルテに助けを乞うた。

いま大広間では、宮廷楽団の演奏に合わせてラフェルテがフランの右手の白手袋に魔法をかけてフランそっくりに変身させてくれた身代わりがにこやかに令嬢たちと踊ってくれている。

大勢の招待客の笑いさざめく声や音楽が窓越しに漏れてくるバルコニーに来てようやく愛想笑いを剝《は》がし、それまでフランひとり飲まず食わずで踊らされてぺこぺこになった腹を充たすために魔法で軽食を出してもらう。

大広間からは見えないように大窓のカーテンの陰に隠れ、礼儀も気にせず冷肉《れいにく》とチーズを載せたカナッペをばくばく口に詰め込み、エールで流し込む。

「はぁ、生き返った。ありがとう、ばあや。おかげでやっと人心地つけたよ。……あーあ、まだ踊ってないご令嬢がたくさんいるけれど、いっそ父上たちが誰かよさそうな人を選んでくれたら文句言わずに『はい』って言うから、これで終わりにしてくれないかな。そうすればもうこの靴で踊らなくて済むし、この窮屈《きゅうくつ》な服も脱げるし」

フランは眉を顰《ひそ》めて誂《あつら》えたばかりの上着の立《た》ち襟《えり》に人指し指を入れて喉元《のどもと》の締め付けを軽く弛《ゆる》める。

この日のために新調した衣装はフランの瞳の色に合わせた緑色の天鵞絨《ビロード》地に金糸《きんし》で蔓《つる》バラの意匠《いしょう》が縫《ぬ》い込まれた上衣《じょうい》に飾り帯をつけ、白いタイツに折り返しのついた白いブーツといういでたちで、普段の靴より踵《かかと》が高いのに何百回もターンしなければならず、拷問《ごうもん》に等しかった。

ラフェルテはサッと杖《つえ》を振ってフランの足の痛みを治してくれ、

「そんな投げやりなことを申されますな。一生を共にする御相手なのですから、ご自分でしかとお選びなさいませ。これまで踊ったご令嬢の中に、どなたかこれぞという御方はおいでになりませなんだか」

と問うてくる。

フランは背後の灯《あか》りできらめく大広間をちらっと振り返り、また夜の帳《とばり》に目を戻す。

「……うーん、いまのところは。みんな綺麗でおしとやかで、どのご令嬢のことも絶対嫌とかは思わなかったけど、是非この方がいいとも思わなかった。ダンス一曲分じゃ込み入った話はできないし、当たりさわりなく『ダンスがお上手ですね』とか『素敵なドレスですね』とか言ってるうちにすぐ次の人になっちゃうから、どんな性格なのかとか、気が合いそうかとか全然わからないし、たぶん全員と踊っても区別もつかない気がする」

率直《そっちょく》に答えると、ラフェルテは歯がゆそうに身を揉《も》み、

「なんとも頼りない。もっとギラギラ狩人《かりうど》の目をなさいませぬか。それに恋のはじまりには『ひと目ぼれ』というのもござりまする。クローディア姫も初対面からドーセットに心惹《ひ》かれたそうですし、フラン様も目が合った瞬間にキュンと胸が震える相手との出会いがこのあと待っているやもしれませぬ。このばあやも若い頃は中身など知る前にひと目でビビッとくるこ

となどしょっちゅうにござりましたぞ」

とけしかけてくる。

いまは曲がった腰をトネリコの魔法の長杖で支えているような年相応の老婆だが、若かりし頃のラフェルテは惚れ薬や恋の呪文《じゅもん》を唱《とな》えなくても求婚者が列をなすような美貌だったと聞いている。

「まあ、ひと目で恋に落ちることもあるのかもしれないけれど、僕はちゃんと人柄を知ってからじゃないと、顔や雰囲気だけじゃ好きになったりできないよ。それに姉上の場合はちょっと趣味が特殊すぎるから、あんまり参考にならないし」

初対面の竜にキュンとしたという次姉の嗜好《しこう》にフランは首を傾《かし》げる。

「あれからひと月経《た》つけど、いまだに姉上の初恋が意外すぎて『なんで?』って思っちゃうよ。僕が姉上だったら、絶対竜人よりフェリウス殿下を選ぶんだけどな。……ねえ、もしかしたらなにか僕たちの知らない殿下の欠点みたいなものがあったのかな。実は手紙の筆跡がめちゃくちゃ解読不能な悪筆《あくひつ》だったとか、内容がほかの女の子の話ばっかりで将来浮気しそうだったとか、自分の美しさに酔いしれてる自惚《うぬぼ》れ屋《や》だったとか、なにか姉上が幻滅するような難点があったとかじゃないと、納得いかないと思わない?」

「たしかに殿方の中には上辺《うわべ》は完璧な紳士に見えても、内面に変態性を秘めている場合も少なくありませぬゆえ、姉姫様は女の勘でその兆《きざ》しを見たのやもしれませぬな」

「隠れ変態か……。殿下とは年に一度会うだけだったから、そんな悪癖《あくへき》があるような方には見えなかったけれど、七百年の間にたくさんの男の人と出会ってきたばあやがそういうのなら、ほんとに隠れ変態だったのかもしれないね。……ねえ、ばあやは人の姿になったときのドーセットを見たことある？　姉上は初めて見たとき、頭に雷が直撃したような気がしたんだって。あの見目麗《うるわ》しい殿下に無反応だった姉上がそこまでドカーンと衝撃を受けるなんて、よっぽどの美形だったのかな、ドーセットって」

これまでフランが会った男性の中でも最高位のフェリウス殿下以上の顔を想像しようとして目を閉じて腕を組むと、

「はてさて、ばあやは早寝ゆえ、満月の夜に変身したドーセットを見る機会はございませなんだが、あのとびきり美男の元婚約者殿がカスに見えるほどの美貌ならば、是非とも一度拝《おが》んでみたいものですな」

とばあやがふぉっふぉっと前歯がジグザグに抜けた口元に手を当てて笑う。

「もう殿下がカスとか隠れ変態なんて」

さっきからあんまりだよ、とフランが窘《たしな》めようとしたとき、前方の暗闇でチッとかすかに舌打ちのような音が聞こえた。

え？　と顔を上げると、木の陰に黒いフードを被《かぶ》った長マントの男がいるのに気づく。

「……」

目を凝《こ》らしたが、相手は舞踏会用の仮面で目元を隠しており、誰なのかわからない。

長身で立ち姿に品があり、仮面で隠されていない顔の下半分だけでも端整な容貌を想像させるが、視線からは強い敵意を感じた。

「何奴《なにやつ》じゃ！」とラフェルテが鋭く誰何《すいか》すると、男は一瞬迷うような間の後、押し殺した低い声で言った。

「……おまえらに名乗る名などない。そんな妖怪のなれの果てのような枯れ果てた老婆のくせに、年甲斐《としがい》もない真っ赤な頭巾《ずきん》だけでも見苦しいのに、その歳でまだ男の美醜《びしゅう》を云々《うんぬん》するとは呆れたすけべばばあで恐れ入る。そんな妖怪を側仕《そばづか》えにしている王子も王子で、ぼんくらで有名な洟垂《はなた》れ小僧の分際《ぶんざい》で、金にあかせて方々《ほうぼう》に招待状をばらまいて年頃の姫をかき集めやがって、自領が広いんだから嫁くらい領内で探せよ。まだおむつも取れてないような童顔のくせにいっちょまえに異国のハーレムの真似事でもしてえのか。さすが許嫁《いいなずけ》がいる身で駆け落ちするような尻軽な姉がふたりもいる王子は含羞《がんしゅう》という言葉も知らねえんだな」

「……え」

憎々しげに吐かれた罵詈雑言《ばりぞうごん》に、思わず呆気《あっけ》に取られてきょとんとしてしまう。

どうも命を狙いに来た刺客のような殺気は感じられず、金品《きんぴん》狙いの賊でもなさそうだが、なぜだかやたら憤《いきどお》っていることだけはわかる。

有名なのかどうかは知らないが、ぼんくらなのも童顔なのも事実とはいえ、別にハーレムを

作りたいなんて思ってないし、見も知らない相手にここまで罵倒《ばとう》される謂《いわ》れはない。

出会い頭《がしら》に殴られるような理不尽な仕打ちにまったく納得いかないし、ひどく不愉快だが、すぐに衛兵が捕《と》らえに来るだろうし、これまで人から喧嘩を売られた経験がないので買い方がわからず、ひとまず取り合わずに無視しようかとも思った。

が、自分のことだけならまだしもばあやや姉たちまで聞き苦しい言葉で侮辱《ぶじょく》されたことは見過ごせず、やっぱり反撃しよう、とフランはキッと仮面の男を睨んだ。

「そんなところに隠れておらず、言いたいことがあるなら堂々と仮面を取り、名を名乗ってから申されよ。なんの恨みがあってそこまで悪《あ》しざまに罵倒されるのかわかりかねるが、姉やばあやに対する暴言は捨て置けぬ。謝罪と撤回《てっかい》を要求する」

精一杯、一国の王子らしい威厳を装《よそお》いながら糾弾《きゅうだん》する。

今日は特別警備も厳しい王宮の奥庭に入りこめたということは、ただの賊ではなく招待客の関係者ではないかと思われる。ひょっとしたら、どこかの姫君に叶わぬ片恋をしている従僕《じゅうぼく》かなにかで、よその国の王子に奪われたくないと嫉妬の炎を燃やして悪態《あくたい》を吐《つ》いてきたのかも、と想像しながら返答を待っていると、相手はハッと感じ悪く鼻で嗤《わら》い、

「謝罪なんて口が裂けてもお断りだね。事実と違うことはひと言も言ってないから撤回もしない。一日のうちで一番わくわくするのは昼寝の時間だとほざく鈍《どん》くさ王子に、化け物並みの長生き面食いばばあも、姫ふたりが恥晒《はじさら》しな駆け落ち娘なのも事実だし、王宮はどこもかしこも

成金趣味で鼻につくし、城の宝の魔法道具をこれみよがしに飾ってあるが、豪奢《ごうしゃ》な宝飾品の隣に魔法の鍋とか甕《かめ》とか鋤《すき》とかまで置かれてて、成金部屋と物置き部屋がいっしょくたみたいで意味分かんねえし、よくあそこまで美意識に欠けた部屋を自慢げに披露《ひろう》できるものだと神経を疑うね」

と謝罪どころか新たな悪口《あっこう》雑言を熱を込めて並べたててくる。

なんでそんなことまで知っているのか疑問だが、知り合いの召使から聞いたのかもしれないし、やはり賓客《ひんきゃく》の付き添いで城内を見た率直な感想なのかもしれない。

初めて直面する辛辣《しんらつ》で攻撃的な人間に戸惑いつつ、ふと最初に聞いた押し殺した声より二度目の声は興奮して地声に近くなったのか、うっすら聞き覚えがあるような気がしてフランは首をひねる。

ただ、こんな口の悪い知り合いに心当たりはなく、どこで聞いた気がしたんだろう、と記憶を探っていると、

「今夜の主役のくせに、こんなところで油売ってんじゃねえよ。さっさと美女三千人のハーレムでもなんでも作りゃいいだろ。ガキにガキの作り方がわかるのか怪しいが、せいぜい面食いばばあに実地で教わりやがれ」

とひどい捨て台詞《ゼリフ》を吐いて男は身を翻《ひるがえ》して走り出す。

そのとき、

「待ちゃッ、痴れ者《しもの》めがッ！」

とラフェルテが怒声《どせい》と共に杖を振り上げた。

その直後、疾走《しっそう》していた黒マントの男が宙を舞い、ビュッと引き戻されてバルコニーの柵《さく》にダン！　とぶち当たる。

うっ…と痛みに呻《うめ》いて地べたに身を丸める男を見おろし、ラフェルテはカッと目を見開く。

「詫《わ》びずに逃げられると思うてか！　おぬしの言う通り、わしゃ面食いじゃが、それがなんじゃ！　おぬしになんの迷惑もかけとらんし、頭巾の色も、わしが好きでつけている色になんの文句があるッ！　それに何度『ばばあ』と言ったら気が済むのじゃ！　このちんカス野郎めが！」

怒りのあまり同レベルの下品な罵《のの》り言葉を発し、ラフェルテはバッと自分に杖を向けると、一瞬で緑の黒髪を波打たせ、豊かな胸元や細腰を強調した黒のドレスを纏《まと》った妖艶な美女に変身した。

初めて見るばあやの数百年若返った姿に目を剝《む》いて驚いていると、

「どうじゃ！　身は老いてもわしの心はこのとおりピチピチの青春真っ盛りのままじゃ！　心まで老いていたら『おばあさん』と言われても致し方ないが、だとしてもおぬしに『ばばあ』呼ばわりされる謂《いわ》れはないわッ！」

と真っ赤な紅《べに》をひいた唇でラフェルテが叫ぶ。

声も色っぽく若返っているのに、話し方が常のままで、「ばあや、どうせなら『わし』はやめたほうが」とつい助言《じょげん》したくなっていると、

「何度だって連呼《れんこ》してやらあ！　いくら若返りの術をかけたところで、俺からしたら結構年増《としま》の淫乱ばばあにしか見えねえしな！」

と後頭部の打ち身をさすりながら黒マントの男が言い返す。

三十路《みそじ》ほどに見えるラフェルテはこめかみに浮き出た青筋をひくつかせ、

「つくづく口の減らぬこわっぱめ。わしの現役時代も知らんくせによくも淫乱などと……、たしかにわしゃ恋多き魔女だったが、そのときそのときの相手を真剣に誠実に愛してきたし、淫乱呼ばわりは心外じゃ！　そりゃあ本当にあと六百歳若ければ、喜んでフラン様に手取り足取り閨《ねや》の手ほどきをして差し上げたいところじゃが、ちゃんと弁《わきま》えておるゆえ、淫乱ではないッ！　そこまでフラン様のお耳を穢《けが》す暴言を吐いておいて、ただで済むと思うでないぞ。わしにももちろん、フラン様への数々の非礼を伏して詫びるまで決して許さぬ。さあ、もう魔法は使わぬ。自ら額《ひたい》を地につけて詫びるのじゃ！」

と人指し指の赤い爪を突き付けながら叫んだ。

男はよろりと立ちあがり、

「嫌だね。先に非礼を働いたのは俺じゃねえ。死んでも土下座なんてするものかっ！」

と言いざま再び闇に向かって駆けだした。

その言葉を聞き、もしかしたら一方的な逆恨みではなく、なにか事情があるのかも、とフランが思ったとき、

「小癪《こしゃく》な、意地でも詫びぬと申すのだな。口があってもまともな言葉も吐けぬなら、おぬしに人の言葉など必要ないッ！」

と叫んだラフェルテがバッと男の背に向けて長杖を振りかざす。

次の瞬間、「キャウーンッ！」という仔犬の悲鳴のような声が響き、黒マントの男がいた場所に小動物がうずくまるのが見えた。

フランはハッと息を飲み、

「ば、ばあや、ちょっとこれはやりすぎじゃ……」

と焦《あせ》ってラフェルテに片手を伸ばす。

もしも賓客の関係者で、万が一姫君の親類など高い身分の人だったとしたら、こんなことをして外交問題になったりしてはマズいし、とすぐに魔法を解くように言おうとすると、

「なんのこれしき、フラン様にあれほど無礼千万《せんばん》な振る舞いをするなど、問答無用で極刑《きょっけい》に処《しょ》されてもおかしくない大罪《たいざい》にございまする」

とラフェルテは息を巻き、前方で蠢《うごめ》く黒い影に再度杖を向けた。

ヒュッと移動魔法で目の前のバルコニーの床に現れたのは仔犬ではなく仔狼《こおおかみ》で、なにが起きたのかという驚愕《きょうがく》と狼狽《ろうばい》を浮かべた青い目をきょろつかせ、フランと目が合うと、大きさに

怯《ひる》んだようにじりっと後ずさる。

ラフェルテはいつもは白く濁《にご》った瞳を黒々と光らせ、赤い唇を歪《ゆが》めてにんまりと笑った。

「クソ生意気なこわっぱめ、畜生《ちくしょう》になった気分はどうじゃ。人に生まれながら畜生よりも礼儀に劣《おと》る若造には似合いの姿じゃ。さあ、言葉で謝罪ができぬなら、態度で示すがよい。四つん這いで頭《こうべ》を垂《た》れ、尻尾《しっぽ》を丸めてフラン様のおみ足を舐《な》めるのじゃ！　もちろん形だけ舐めるだけでは許さぬ。心から悔い改めて爪先《つまさき》に口づけせねば元の姿に戻さぬぞ！」

まるで黒魔術を操る悪い魔女のような悪役面《づら》で断罪するラフェルテに、幼い黒狼の姿にさせられた男は口惜《くちお》しそうに「ウウウ……」と唸《うな》り、二度見するように自分の前脚に目を落とし、嫌なものを見たようにすぐに目を逸《そ》らす。

のろのろとフランの顔を見上げ、そのまま視線を下げてフランのブーツの爪先にじっと目を留める。

靴を舐めるような屈辱的な真似をしなければ元に戻れないのか、と激しく葛藤《かっとう》している様子がかすかに震える四つ足から感じ取れ、

「ばあや、もういいから、早く元に戻してあげて。きっとこんな目に遭《あ》わされたら、たとえ言いすぎたと思っていても素直に謝れなくなっちゃうだろうし」

とフランが取りなすと、仔狼は挑《いど》むように顔を上げ、俺は言いすぎたなんて思ってないとでも言いたげな目でフランを睨み、次の瞬間パッと身を翻《ひるがえ》して柵の隙間から庭へ走り出ようとし

た。

どうあっても気に食わない王子の足なんか舐めたくないと開き直ったらしく、そのまま逃げようとした仔狼が柵から飛び出した途端、「キャインッ」と甲高《かんだか》い悲鳴を上げて、前脚で頭を押さえて転げ回る。

苦悶《くもん》の唸り声を上げる仔狼に、ラフェルテは鬼の首を取ったかのように叫んだ。

「愚《おろ》か者めが！　おぬしにかけたのは変身魔法だけではないわ！　おぬしが心から詫びずにフラン様から逃げようとしたり、血迷って噛もうとすれば、頭が割れるように痛む魔法もかけたのじゃ！　フラン様のお手が届く範囲から一歩でも踏み出せば激痛に見舞われ、遠のけば遠のくほど苦痛が増し、おそばに戻れば痛みは止まる。さあ、畜生の姿のまま死ぬほどの頭痛に苦しみ続けたくなくば、いますぐフラン様のおみ足に口づけよ！」

ラフェルテが大音声《だいおんじょう》で命じた瞬間、がくりと膝を折ったのは仔狼ではなく、当のラフェルテ本人のほうだった。

カランと先に杖が音を立てて床に転がり、後を追うように前のめりに老婆の姿に戻りながらラフェルテがくずおれる。

「ば、ばあやっ……！」

フランは目を剝いて駆けより、ばあやの身体がバルコニーの床に倒れる寸前に抱きとめる。

「ばあや、ばあや、急にどうしたの、しっかりして、ばあや……！」

普段フランといるときには大声で激昂《げっこう》するようなことはないのに、常になく熱く憤ったせいで血圧が上がって失神してしまったんだろうか、と焦りながら、頬をさすって声をかける。

だがいくら身を揺すってもラフェルテは糸の切れた操り人形のようにされるがままで、閉じた瞼《まぶた》もぴくりとも動かず、心なしか顔色や唇の色も褪《あ》せてきたように見え、フランはぞっと肌を粟立《あわだ》てる。

七百歳を超えても気が若く病とは無縁だったばあやが昏倒《こんとう》したのは初めてで、日頃冗談のように口にしている「そろそろお迎えが」という言葉が現実味を伴《ともな》って頭を過《よぎ》る。

「だ、だめだよ、ばあや、目を開けて！　まだ逝《い》っちゃ嫌だよ！　あと三十年は死なないって言ったじゃないか……！」

半泣きでばあやの身に取りすがると、大広間のほうから、

「きゃあ、王子様がお消えに……！」

「一瞬で煙のようにいなくなられて……！」

「手袋一枚を残していずこへ……！」

とざわつく声が聞こえた。

ラフェルテが手袋にかけた分身魔法が解けてしまったことを悟《さと》り、やっぱりかけた本人が儚《はかな》くなったからなのか、と蒼白になっていると、ウウウ、ガルルッと仔狼がラフェルテの力なく床に投げ出された片袖《かたそで》を嚙み、ぐいぐい引っ張って揺すっているのが見えた。

死者を恨んで噛みつく気なのかと「よさないか！」と鼻面《はなづら》を手で振り払い、ラフェルテの手首を摑んで噛まれていないか確かめようとしたとき、かすかに脈が動いていることに気づく。

それにこの男が狼のまま魔法が解けていないということは、まだばあやは生きてる……！と希望が湧き、フランは急いでラフェルテを横抱きにして立ちあがり、バルコニーから中へ駆け戻る。

つい構っていられずに置き去りにした仔狼がキャウンッと叫んで追いかけてきて、「あっ、王子様……！」「まあ、狼の仔が……！」と道をあけて遠巻きに囲む客人たちにフランは頭を下げる。

「皆様、大変申し訳ありません。せっかくお越しいただきましたのに、たったいま僕の乳母が倒れてしまって、すぐに治療を受けさせたいのです。僕はこれで失礼いたしますが、どうぞ皆様は心ゆくまでダンスやお食事をお楽しみいただければと思います」

一応主催者側なので中座《ちゅうざ》するのは心苦しいが、ばあやの命のほうが大事だし、人任せにしてお見合いを続けるなんてできなかった。

詫びながら目でダルブレイズを探すと、すぐに大広間のどこかから目の前に現れ、「こちらへ」とラフェルテをフランの腕から引き取った。

ダルブレイズの袖を摑むと、すぐに三人と一匹でダルブレイズの私室へと空間移動した。

＊＊＊

北の塔にあるダルブレイズの部屋は棚に何冊もの分厚い魔術書や、薬の材料になる干した薬草や動物の肝《きも》や角《つの》、木の実や鉱石などの瓶《びん》や錬金術の実験器具がびっしりと並び、いろいろな薬剤の入り混じった匂いが染みついている。

すぐに部屋の隅にある寝台にラフェルテを寝かせ、ダルブレイズが目覚めの魔法をかけたが、反応はなかった。

いくつか呪文を変えて試《こころ》みても意識は戻らず、戸惑いと焦りの表情を浮かべて首や手首の脈に触れながらダルブレイズはフランを見た。

「フラン様、ラフェルテ様はどのようなご様子でお倒れに？　胸が締めつけられるとか、指先が痺《しび》れるとか、頭が割れるように痛いとか、なにか症状を訴えておいででしたか？」

そう問われて思い返してみるが、本人にはなんの兆候《ちょうこう》もなく、逆に人の頭を割れるほど痛ませていたことを思い出しながらフランは首を振る。

「ううん、ほんとに突然、『うっ』とも言わずに倒れちゃったんだ。その直前までいつもどおり元気いっぱいで、いつもと違うのはめちゃくちゃ怒り狂って叫びまくって、魔法もばんばんかけてたんだけど、急に……」

倒れた瞬間《ま》を目のあたりにした衝撃を思いだしてじわりと涙ぐむと、ダルブレイズは怪訝《けげん》そうに眉を顰めた。

「なにゆえそこまでお怒りに……？　今宵《こよい》のフラン様の花嫁探しの舞踏会を一番心待ちになさっていたのに、一体なにがあったのですか？」

まるで解《げ》せないという顔で問われ、フランは足元で居心地悪そうにふてくされている仔狼を一瞥《いちべつ》してから経緯《けいい》を話した。

「実は、小半刻《こはんとき》ほど前かな、僕がちょっと踊り疲れたから休みたいってばあやに頼んで、僕の手袋に身代わりに踊ってもらって、その間バルコニーでご飯を食べたり、おしゃべりしながら休んでたんだ。そうしたら庭に潜《ひそ》んでいた怪しい男がいきなり僕やばあやを口汚く罵ってきて、『ばばあ』と連呼されて逆上したばあやが自分に若返りの魔法をかけて、ものすごい美女になって男に謝れって言ったのに、全然反省せず逃げようとしたから、ばあやがその男を仔狼に変えて、僕の足を舐めて心から謝れば元の姿に戻すって言ったんだけど、断固拒否して、僕のそばから逃げ出すと死ぬほど頭が痛くなる魔法もかけたから謝れって叫んだ途端、バタッて倒れちゃったんだ」

ありのままを伝えると、足元の仔狼は憤懣《ふんまん》やる方ない様子でガルルと唸る。

ダルブレイズは昏睡《こんすい》状態のラフェルテを見やり、大きな溜息を零《こぼ》した。

「……もうご無理のきかないお歳なのに、それだけ強力な魔法をいちどきに使えば、心の臓に負担がかかるのも道理。なんとか手持ちの薬と私の術で治療を施しますが、何分ご老体《ろうたい》ゆえ、必ずお助けできるという保証はいたしかねます」

「……え」

楽観できない予後《よご》と、昏睡の原因が魔力の使いすぎと聞いてフランは凍りつく。

自分が舞踏会を抜け出して休みたいなどと言いださなければ、黒マントの男に因縁《いんねん》をつけられることもなく、立て続けに魔法を使うこともなかったし、そもそも普段から、ラフェルテが七百歳の高齢と知りながら、日々どうでもいい頼み事をして魔法を使わせてきたから、その積み重ねがばあやの命をすこしずつ削《けず》って負担をかけていたのかもしれない、とフランはいたたまれずに瞳を潤《うる》ませる。

ダルブレイズはフランから仔狼に視線を落とし、哀れむように言った。

「そなたも後先考えず愚かな真似をしたな。もしこのままラフェルテ様の意識が戻らなければ、そなたの魔法は一生解けぬ。慌てていますぐフラン様のおみ足に口づけても、心から悔いていなければ元に戻れぬだろう。自業自得とはいえ、ご老体に喧嘩を売った代償は高くつくぞ。いくら私がそなたの魔法を解いてやろうとしても、かけた本人でなければ解けぬのだ。そんな魔法をかけられたことを恨んで呪えばさらに元に戻る機会を遠ざける。たかが悪口くらいという軽い気持ちだったのかもしれぬが、狼として生涯を閉じる頃に悔いてももう取り返しはつかぬ」

「……」

仔狼は今頃己の行いが招いた結果に気づいたように四肢《しし》を強張《こわば》らせ、力なく耳を垂らす。

大事なばあやを重体に至らしめた元凶で、この男さえ絡《から》んでこなければこんなことにはならなかったのに、と恨み骨髄《こつずい》で懲《こ》らしめてやりたいが、しょんぼりした仔狼の姿はいたいけに見えてしまい、蹴飛《けと》ばしたり逆さ吊りにしたりすればこちらが虐待《ぎゃくたい》しているようでためらわれる。

ダルブレイズは棚から様々な瓶を選び出し、部屋の壁に吊るされた薬草や窓の外に干してある木の根など、作業台の周りを行ったり来たりして薬に必要なものを揃えだす。

その様子を目で追いながら、

「ダルブレイズ、お願いだから、なんとかしてばあやを助けて。なにか足りないものがあればすぐに取り寄せてもらうし、僕にできることはなんでもするから。もしばあやの意識が戻ったら、これからは絶対甘えすぎず、迷惑もかけないようにすると誓うよ。もう講義の日にダットガロットの服を全部透明にして部屋から出られないようにしてほしいとか、昼寝用に蜘蛛《くも》の糸で乗っても切れないハンモックを作ってほしいとか言って無駄な魔法を使わせないようにするし、いまよりもっとばあやを大事にするから……！」

と若干《じゃっかん》真剣味が薄いように聞こえる決意を本気で告げ、ばあやの枕元に両膝をついて手を握る。

フランが動くと仔狼も身を跳ねさせて、すぐにそばに寄ってくるが、主人に懐《なつ》いている飼い犬のような距離感ではなく、頭痛の起きないギリギリの位置に心ならずも身を置いているという風情《ふぜい》だった。

ダルブレイズは魔法薬の調合をしながら、

「もちろん全力を尽くします。ラフェルテ様にはまだ教わりたいことがたくさんありますし、二百年も『そろそろお迎えが』と言い続けて何事もなかった御方ですから、今回もきっと大丈夫だと信じましょう」

と励《はげ》ましてくれ、フランは「そうだよね」と半泣きで頷き、足元の仔狼に目をやる。

「君もばあやの回復を祈ってよ。そもそも君のせいだし、君だってばあやに死なれたら困るんだから、君のためでもあるんだよ」

人の姿のときは自分より年上のように感じたが、この姿では敬語を使う気にもなれず、年下の子供に向かって諭《さと》すような口ぶりになってしまう。

前脚の付け根を掬《すく》うように両手で持ちあげ、宙にぶら下げた姿勢でばあやのそばに近づけると、その体勢が気に食わないのか四肢と尻尾をバタバタさせて暴れたが、フランが「ちゃんと祈って」とさらにばあやの面前《めんぜん》に突き出すと、しばし黙ってから、「……ウォオ、オォン」となんとなく（人に変な魔法をかけっぱなしで死んだりすんなよ）とでも言っているかのような調子で鳴き声をあげた。

まだこの男が何者なのかも、どんなつもりで絡んできたのかもわからないが、とりあえずしばらくは離れられずに一緒に暮らすしかない。

本物のペットなら可愛がって懐かせたりもできるが、いくら見かけは可愛い仔狼でも、中身がいけすかない毒舌男では喧嘩相手にしかなりそうになかった。

もう謝罪なんていらないから、さっさと元に戻って立ち去ってくれたほうがありがたいんだけどな、と溜息をつきながら、フランは仔狼を床に下ろした。

＊＊＊＊

「まだ目を覚まさぬのか。ダルブレイズの治癒魔法が効かぬとは……やはりいい加減歳も歳ゆえ、今度こそ本当に散り際《ちぎわ》なのかもしれぬな」

北の塔までラフェルテの見舞いに来たルドヤードが丸みのある肩を落として悲観的な言葉を漏らすと、アドミラが「あなた」と窘《たしな》める。

「本人の前でおやめください。いくら意識がなくても耳は聞こえているかもしれませんわ。それにフランがこんなに懸命に看病しているのですから、きっともうすぐ目を覚ますはずですわ」

ね、と目顔で励《はげ》ましてくれる母に、フランは寝不足の目でこくんと頷く。

ラフェルテが倒れてから七日が過ぎたが、状態に大きな変化はなかった。

ゆっくりと心臓は動いているし、呼吸もしており、薬やスープを匙《さじ》で口に入れると零《こぼ》しながらも飲み込むこともできる。

ダルブレイズは様々な薬を試し、治癒魔法も手を変え品を変え試《こころ》みているが、はかばかしい効果はなかった。

フランも塔に泊まりこみ、ダルブレイズを手伝って薬を煎《せん》じたり、召使に任せずに食事や薬を飲ませ、身の回りの世話をし、手を握ってばあやと共に過ごした楽しかった思い出話を思いつくまま話しかけている。

必然的に仔狼《こおおかみ》も常にそばにくっついているが、思ったより吠《ほ》えたり看病の邪魔になるようなことはせず、黙って仏頂面《ぶっちょうづら》で後をついてくるだけなので、だんだんいても気にならなくなった。

アドミラが眠ったままのラフェルテの白い髪を櫛《くし》で梳《す》いていると、

「両陛下、フラン様、治療の手がかりになりそうな文献を見つけました」

と席を外していたダルブレイズが古い書物を抱えて書庫から戻ってきた。

作業机に慎重に本を載せ、年代を経《へ》て茶色く変色してもろくなった頁《ページ》を開き、フランには読めない古文字で書かれた箇所《かしょ》を指で辿《たど》りながら言った。

「こちらに、ラフェルテ様の生まれ故郷のディテレーニという魔女の里に代々伝わる秘薬があると記《しる》されています。里で生まれた魔女にだけ効く薬で、どんな病も癒《いや》す力があるそうなのですが、材料も作り方も門外不出で、この本には載っておりません。でも里に行けば現物があるでしょうから、分けてもらってラフェルテ様に飲んでいただけば、おそらく御快癒《ごかいゆ》されるのではないかと」

フランは朗報《ろうほう》に目を輝かせ、母と手を取り合いながら、

「ありがとう、ダルブレイズ。そんな貴重な情報、よく見つけてくれたね！　早速《さっそく》その薬を取りに行ってもらえる？　それさえあればばあやはきっとよくなるよね……！」

と期待に声を弾《はず》ませる。

が、ダルブレイズは即答《そくとう》で頷いてくれず、「それが……」と表情を曇《くも》らせた。

「この続きを読むと、どうも私では里に入ることができないのです」

「え。どうして？　魔女しか入れないの？」

フランが目を瞠《みは》って問うと、ダルブレイズは首を振った。

「いいえ、性別の記述は特にないのですが、ディテレーニには秘伝を守るためによそ者が近づけないように結界が張られており、そこを通れるのは心も身体も清らかで邪気《じゃき》のない者のみとのこと。私は二百二十年前に妻帯《さいたい》しており、妻に先立たれてからは禁欲を続けておりますが、お

そらく結界を通ることは叶わぬかと」

「……そうなんだ……そんな決まりが……」

せっかくラフェルテを救える手立てがわかったのに、簡単には手に入らないのか、と気をくじかれつつ、謹厳実直《きんげんじっちょく》な独身と思っていたダルブレイズにもロマンスの思い出があるんだ、とすこし胸がそわっとする。

つい物語好きで空想好きの血が騒ぎ、死別してから再婚もせず長らく忘れずに想い続けている奥方はどんな人だったのかあれこれ想像したくなってしまい、いやいまはそんなことをしている場合じゃない、と我に返る。

ダルブレイズが無理ならほかの人に頼まなければならず、身も心も清純で、急いで旅立てる人はいないかと心当たりを探そうとしたとき、アドミラがすこし考えるような間をあけてから、「フラン」と改まった口調で呼びかけてきた。

「本気でラフェルテを救いたいなら、あなたが秘薬を取りに行きなさい」

「えっ……僕、ですか……?」

突然の名指しにフランは目を見開く。

もちろん本気でラフェルテを救いたいが、これまで旅らしい旅をしたことがないし、未婚ではあるけれど、昼寝したいがために仮病を使ったり、昔ダットガロットに叱られた翌日、彼が通りそうな森の小道に落とし穴を掘ったりしたこともあるので、あまり心が清らかとは言えない、と最初から自分は候補から除外していた。

が、アドミラは確信を持って頷き、

「あなたなら条件を満たしているし、次期国王として領内を知るいい機会です。あなたは民の暮らしぶりを又聞きでしか知らないけれど、薬を取りに行く数日間で様々なことを見聞きするでしょう。実際に肌で感じた民の息遣いは将来政《まつりごと》を行うときの糧《かて》になるはずです。これまであなたのそばには必ずラフェルテがいて手助けしてくれたから、困難に直面したこともなく、自力で問題を解決したこともないけれど、ひとりで魔女の里まで行き、秘薬を手に入れて城に戻るまでのすべての経験があなたをひとまわりもふたまわりも大きくしてくれるでしょう」

いい機会ですからやってごらんなさい、と促《うなが》され、フランはごくっと唾《つば》を飲む。

足元の仔狼も「……ガウ？」と（まさかも俺も？）と言いたげな声を上げる。

フランは腹のあたりで両手を握りあわせ、さりげなく懇願《こんがん》のポーズを取りながら、

「……あの、もちろん、ばあやのためなら頑張る気はあるのですが、どうしても僕ひとりで行かなくてはダメですか……？　その、僕は剣の腕も立たないし、ディテレーニという村がどこにあるのかも知らないし、ひとりではちょっと怖いし不安なので、誰かに付き添ってほしいのですが……。できればダルブレイズと一緒だと、道中も心強いし、里の中までは一緒に入れなくても、手前までは魔法で連れてってもらえるから、ありがたいな、と……」

と上目使いで両親に訴える。

十八年間ゆるゆるに育てられたのに、急に千尋《せんじん》の谷に仔獅子《こじし》を突き落とすような容赦《ようしゃ》ない方針に転換されておろおろしつつ、すこしでも平坦な谷にしてもらおうとあがく。

ルドヤードもアドミラに目を剝《む》いて、

「王妃よ、なにを考えておるのだ。フランにひとり旅など危険すぎてさせられぬ。いくら我が国の治安が良いとはいえ、犯罪者がひとりもおらぬわけではないし、世間知らずのフランが城を一歩でも出た途端、あっというまに追いはぎに身ぐるみ剝がされてしまうに違いない。ラフェルテの薬はほかの者に取りに行かせればよい。もしもどうしてもフランに行かせるというならば、ダルブレイズはもとより、一個大隊《いっこだいたい》を供につけねばならぬ」

と過保護すぎることを言う。

一個大隊は大袈裟《おおげさ》だけど、これで一安心だ、と内心ホッとしていると、

「それでは試練になりませんわ。いままで上ふたりがいるからとひたすら甘く育ててしまい、フランには次期国王としての見聞《けんぶん》も経験もあまりにも足りません。いまのうちに鍛《きた》え直さなければ、いつまでも甘えん坊の末っ子気質が抜けず、将来困るのはフラン本人です。魔法の助けがなくても、苦労して自分でなにかを成し遂げたという自信が今後の成長に繋がるはずです。あなただって王子時代に諸国外遊《がいゆう》の旅に出て視野を広げ、私とも出会ったのではありませんか。心配なのは私も同じですが、フランを信じてやらせてみましょう」

とまた母が父の助け舟からフランを突き落とそうとする。

「それも一理あるが」と母の理詰めの説得に勝てたためしのない父が流されかけ、

「しかし、余《よ》の武者修行の旅にも護衛はついたし、いまや唯一の大事な跡継ぎのフランをたったひとりで城外に抛《ほう》りだすなどもってのほか。一個大隊は多すぎるとしても、せめてダルブレイズを供につけねば心配で送りだすことはできぬ」

とフランの味方側に踏みとどまってくれた。

それならなんとかなるかも、と納得して頷こうとしたとき、ダルブレイズが遠慮がちに口を挟んだ。

「畏《おそ》れながら、お供仕《つかまつ》りたいのは山々なのですが、私がここを離れると、万が一ラフェルテ様が急変されたときに対応できる者がいなくなってしまいます。せっかく薬を手に入れても肝《かん》心《じん》のラフェルテ様が息を引き取られたあとでは元も子もありませぬ。もし何事かあっても、私がおそばにいればすぐに発見できますし、延命術や時を止める魔法をかけて現状を保ち、薬の到着をお待ちするのが上策《じょうさく》かと存じます」

「たしかに……」

ダルブレイズの懸念《けねん》に誰も異論は挟めず、頷く以外なかった。

いまもきっとダルブレイズの魔法のおかげで辛《かろ》うじて命を取り留めているのに、すこしの間でもそばを離れて魔法の効果が途切れれば、どうなるのか悪い想像しかできない。

手練《てだれ》の魔導士でも治しあぐねている七百歳の昏睡《こんすい》状態の魔女を、普通の人間しか診《み》たことがない御典医《ごてんい》に任せて旅立つのも心配だし、万が一旅の間にばあやの心臓が完全に止まってしまい、御典医が責任を感じて職を辞したり、思い詰めたあまり自死《じし》を選んだりしては取り返しがつかない。

でもダルブレイズが供をしてくれないなら、なんの役にも立たない意固地な元人間の仔狼とふたり連れで旅立つしかなく、実質ひとり旅じゃないか、とフランは顔面蒼白になる。

アドミラは「やはりひとりくらいは供をつけるべきかしら」と呟いて、自分の右肩をトンと右手で叩いた。

その途端、ポワッと母の肩の上に丸く青い光が輝き、「お呼びですか、王妃様」と青い蝶《ちょう》の翅《はね》のついた小さな妖精が現れた。

「シルヴァリーデュー、あなたに是非とも頼みたいことがあるの。これからフランが魔女の里に薬をもらいに行くのですが、旅の供をしてもらえないかしら。あなたはイオルク村の出身だから、近くにあるディテレーニまでの行き方がわかるでしょうし、道中フランの身に危険が及ばないように守ってやってほしいのです」

長い銀髪に青い膝丈《ひざたけ》の薄衣《うすぎぬ》を纏《まと》い、二本の草の蔓《つる》を交差させて膝まで編みあげたサンダルを履《は》いた、いかにも愛玩《あいがん》妖精らしい男の子の妖精が母の肩に座ったまま頷いた。

「ほかならぬ王妃様の頼みだし、久々に外の空気を吸うのも悪くない。大船に乗ったつもりで任せてくれ」

見た目に反して成人男性のような低い声で返事をするシルヴァリーデューを、フランは内心驚きながら見つめる。

母が以前から小妖精をそばに置いていることは知っていたが、大抵《たいてい》姿を消して母の肩に留まっているか、母の部屋の豪華なドールハウスにいて滅多《めった》に人前に姿を見せないので、よくよく見たのはこれが初めてだった。

名前の由来なのか、左の目尻にあるホクロが小さな雫《しずく》の形をしており、瞳も銀色で人形のように愛らしいが、こんな小さい妖精が本当に頼りになるんだろうか、と内心訝《いぶか》しんでいたとき、足元でグフッと仔狼が失笑《しっしょう》した。

人語《じんご》が話せなくなっても、かなり明確に顔つきや声で意志を伝えてくるので、仔狼もこんなチビになにができると思ったようだった。

小妖精は小馬鹿にされたことを敏感に察知したらしく、

「なんだ、その無礼な獣は。新参者の分際《ぶんざい》で、この俺を鼻で嗤《わら》うとは」

と言うなり、青い翅を羽ばたかせて母の肩から飛び降りる。

床に下り立つまでの間に鮮《あざ》やかに姿を変え、目の前に立ったのはフランが見上げるほど背が高く、青い鎧《よろい》に身を包んだ銀髪の精悍《せいかん》な騎士だった。

光沢《こうたく》のある青いマントで翅が隠され、顔の印象もまったく違うのでこれがいまの小妖精なのかすぐにはわからなかった。

唖然として目を見開くフランの面前《めんぜん》で、男は目にも止まらぬ速さで腰に佩《は》いた長剣を抜き、シュッと仔狼の喉笛《のどぶえ》に突き付ける。

「ご覧のとおり、俺は騎士妖精だ。迂闊《うかつ》に仮の姿で判断すると痛い目を見るぞ」

声と一致した大人の男の姿で妖精が威嚇《いかく》し、ガルル、と仔狼も身を低くして威嚇しかえしたとき、

「おやめなさい、そんなことをさせるために呼びだしたのではありません」

とアドミラがぴしりと制する。

「シルヴィー、あなたには世慣れぬフランに道中助言を与えてほしいのです。ただし、なるべくフラン自身に判断させて、なにからなにまであなたが指示を出す必要はありません。明らかに判断が間違っているとしても、失敗も勉強です。命に別条がないならそのままやらせてみて、失敗からなにを学べるかを考えさせてほしいのです。それとフランは楽をするためなら知恵が働くから、なるべく試練を与える方向で導いてあげて」

またそこまで母獅子《ははじし》に徹しなくても、と言いたくなるほど潔《いさぎよ》く谷底に突き落とす指示を妖精に与え、

「さあ、いますぐ旅立てるように用意をなさい。ダルブレイズ、フランに王族とはわからないような旅装束《しょうぞく》を調えてあげて」

とダルブレイズにも命《めい》を下すと、フランの着衣《ちゃくい》が一瞬で飾りのない白いシャツに茶色のズボ

ン、金鎖《きんぐさり》も宝石の留め金もない地味な茶色のマントとブーツという装《よそお》いに変わる。
いままで着ていたものとだいぶ趣《おもむき》が違う質素な服装のフランを見て、ルドヤードがじわりと目を赤くして、ひしっと肩を抱いてくる。

「フランよ、必ずや無事に帰ってくるのだぞ。険《けわ》しい山河《さんが》を越えるような長旅ではないし、騎士妖精がいれば命の危険はないと思うが、くれぐれも気をつけて行ってくるのだ」

「はい、父上」

まだ実感がまるで湧かなかったが、一応神妙《しんみょう》に頷く。

「短い旅とはいえせっかく出かけるのだから、ついでに花嫁探しもしてくるがよい。八日前の舞踏会はラフェルテのこともあって不発に終わってしまったが、余のように旅先で心惹《ひ》かれる相手に出会えることもある。道中ぼうっとしておらず注意深く観察もするのだぞ。もしこれぞという相手がいたら、連れて戻るのだ」

「……いや、もう薬をもらいに行くだけで手一杯で、ほかの用事をいろいろ言われても……」

こっちは数日の旅に出るだけでも命がけでそれどころじゃない、と眉尻を下げて首を振ると、ルドヤードは不甲斐《ふがい》ないことだと言いたげな顔をしつつも、「ではまあ、それは二の次でよいが」と渋々退《ひ》いてくれた。

「フランよ、餞別《せんべつ》にこの巾着袋を授《さず》けよう。これは手を入れるといくらでも金貨が出てくる魔法の財布だ。旅の路銀《ろぎん》にせよ」

見た目はそんな風にはとても見えない煉瓦色《れんがいろ》のずだ袋を渡され、

「そんな大事なものをお貸しくださるのですか。ありがとうございます、父上」

と感謝して受け取り、ついでにお菓子が出てくる巾着袋も貸してほしいと言おうとしたとき、アドミラに「お待ちなさい、フラン」と制される。

「そんなものを持っていたら、それこそ盗賊の餌食《えじき》にされるだけです。あなたにはこの旅で、民《たみ》が日々どれだけ働いてどれほどの日銭《ひぜに》を得るのか、物の値段はいかほどか、どんなものを口にしているのかなど、同じ目線で真の暮らしを知ってほしいのです。そのためにはこんなものは不要です」

アドミラが魔法の巾着袋を取り上げようとすると、ルドヤードが待ったをかけた。

「それは正論だが、路銀がなくては困るではないか。もし普通の財布を持たせて、掏《す》られたり落としたりすれば、フランは一文無しで腹をすかせ、物乞いや盗みを働いたりしなければならないのだぞ。我が子にそんな真似をさせたいか。もしフランが行き倒れて野たれ死んだりしたらなんとする……！」

想像しただけで哀れになったのか、またじわっと涙ぐむルドヤードを冷静に見やり、アドミラはダルブレイズに巾着を渡す。

「ダルブレイズ、この巾着に魔法をかけて、一日に一グラナートだけ出てくるようにしてもらえるかしら。無駄遣いをしなければ食事や宿代には困らない額ですから、充分でしょう」

堅実に上限を設《もう》けられ、この上お菓子の巾着袋もほしいなどとは言いだせなくなる。

アドミラは魔法で上書きされた巾着袋に自分の手を差し入れて本当に一グラナートしか出てこないか確かめてから、フランに手渡した。

「フラン、あなたが薬を手に入れて戻ってくるまで、ダルブレイズがラフェルテを死なせないように守ってくれますから、必ずやり遂げるのですよ。旅の間は王子という身分は伏せ、シルヴィーに頼り切らず、苦労は買ってでもするように心がけなさい」

「……はい、母上」

いよいよ逃げ場がなくなったことをひしひしと感じ、不安すぎて顔色を真っ白にしながら消え入りそうな声で返事をする。

アドミラは頷いて、ダルブレイズに追加の旅支度を用意させた。

魔女の里までの地図と護身用の短剣、魔女の里の長《おさ》への手土産に伝統工芸のダートシーグラスの指輪、今日の弁当と日持ちのする干し肉と果物と水を入れたヤギ革の水筒《すいとう》とワインの小瓶と常備薬《じょうびやく》などが入った布鞄《ぬのかばん》を肩から斜めがけにさせられ、あれよあれよという間に賑《にぎ》わう城下とは反対側の鬱蒼《うっそう》とした森に通じる城門まで連れてこられる。

両親や衛兵たちに見送られ、今更「やっぱり別の人に行ってもらって、僕はラフェルテの看病をしながら待っていたいのですが……」とも言いだせず、「……では、行って参ります……」と心もとない声で挨拶《あいさつ》する。

日頃、すこしでも重さのあるものはラフェルテが魔法で運んでくれたので、最低限のものしか入っていない鞄がすでに肩に食い込み、よろめきながら厚い石造りの城門をくぐろうとしたとき、

「待て、フラン！」

とルドヤードに呼び止められ、「はいっ、なんでしょう、父上！」と勢い込んで振り返る。

やっぱりやわな息子を千尋の谷に突き落とすのはあまりに不憫《ふびん》すぎると土壇場《どたんば》で引き止めてくれたんだ、と嬉し泣きしそうになっていると、

「その狼は旅の邪魔になるだろうから置いて行け」

と続けられて「……え？」と思わず聞き返す。

用件はそれだけですか？　と喉まで出かかるフランに、隣にいた騎士妖精も頷いて、

「俺もおなじ意見だ。大事なペットなのかもしれないが、わざわざ道連れにすることもないだろう。もっと大きくて番犬になりそうな狼ならまだしも、こんなチビでは足手まといだし、余計な手間や食いぶちが増えるだけだ」

と片手を振って仔狼を追い払おうとする。

仔狼は「ウォオンッ！」と（俺はペットじゃねえ！）というようにいきり立ち、珍しくフランの右足にベタッと貼りついて尻尾《しっぽ》も絡め、絶対に離れないという意思表示をする。

その姿を見おろし、なんとなく普段馴れないペットに初めて懐《なつ》かれたような錯覚を覚えて

うっかり微笑《ほほえ》ましい気分になりながら、

「いや、この仔狼は飼っているわけじゃないし、僕もできれば置いていきたいんですが、人道《じんどう》的《てき》にちょっと無理なんです。もし僕と離れると、頭痛で死にそうになる魔法がかかっているので、いくら中身がいけすかない礼儀知らずの毒舌男でも、置いていくのはさすがに酷《こく》なので」

と騎士妖精に事情を説明すると、仔狼が目を眇《すが》め、（こっちだって好きでくっついてるわけじゃねえよ）と言いたげにフンと鼻を鳴らして身を離した。

アドミラがそばまで来て、ドレスの上から膝頭《ひざがしら》に手を置いて前屈《まえかが》みになり、仔狼に顔を寄せて話しかけた。

「あなたがどこのどなたか存じませんが、話せば理解してくださる方だと信じてお願いします。あなたが舞踏会の夜にどんな態度を取ったにせよ、あなたなりの理由があったのでしょうし、弁解する機会もなく一生その姿のままというのはあまりに酷《ひど》い罰だと思います。もし無事フランが薬を持ち帰り、ラフェルテの意識が戻ったら、必ずあなたにかけた魔法を解くよう私から命じるとお約束します。いまはどうあってもフランから離れられない事情があるのですから、心に私憤《しふん》を抱えているとしても、堪《こら》えて道中はフランに絡《から》まず協力してやってくれませんか？」

情と理《り》のある言葉に、仔狼はしばし黙ってから「……ガウ」と了解したような声で頷いた。

そのあとはもう誰も引き止めてくれず、仕方なくもう一度「行って参ります」と小声で告げて城門を出ると、背後でギギギと軋《きし》んだ音を立ててバタンと重い扉が閉ざされた。

もう前へ進む以外道はなく、フランは前途が不安すぎて震える唇を引き結び、大好きなばあやのためだ、と己を鼓舞《こぶ》して一歩目を踏み出した。

＊＊＊＊

三歩ほど進んだ時点で「あっ」とフランは足を止める。

「なんだ？　忘れ物か？」と隣を歩く騎士妖精に見おろされ、フランは首を振る。

「いえ、貴公《きこう》にまだきちんとご挨拶《あいさつ》をしていなかったことを思い出しまして。改めまして、当代ダートトシー国王ルドヤード五世の第三子、フラン・ローゼミューレンと申します。このたびは母が急なお願いをしたにもかかわらず、快《こころよ》く旅の同行をお引き受けくださって、本当にありがとうございます。貴公だけが頼りなので、何卒《なにとぞ》よろしくお願いいたします」

なるべく試練を与える方向で、という母の意向を守ろうとしているに違いないが、低姿勢に振る舞って気に入ってもらえば、あまりひどい試練は控えてくれるかもしれない。

初めての旅の道中、頼れるのは本当にこの妖精だけなので、見捨てられたりしないように礼《れい》節《せつ》をもって接しなければ、と折り目正しく頭を下げると、相手は面食らったような顔をしてから口角《こうかく》を上げた。

「フラン王子はあまり王子らしくない王子だとよく小耳に挟んでいたが、本当なんだな。昔、王妃様に出会う前に俺を使役《しえき》していた呪術師など、王族でもないのにいつも偉そうにこきつかうだけで、礼など言われたためしがないし、『貴公』などと呼ばれたこともなかったが」

見た目は二十代半《なか》ばくらいに見える騎士妖精の実年齢はいくつなのか、どうやって母のもとに来たのかなどいろいろ知りたかったが、最初から距離を詰めすぎると疎《うと》まれるかも、と自制して、

「以前は不快な目に遭《あ》われたこともあるのかもしれませんが、僕は貴公の尊厳を傷つけるような振る舞いは一切しないとお約束します。僕は自分ができないことをできる方には無条件に敬意を感じるので、身体の大きさを自在に変えたり、消えたり現れたりできて、さらに武芸の腕が立つ貴公を心から尊敬します」

とほぼ直角に腰を折って最敬礼すると、足元の仔狼《こおおかみ》が呆れたような視線を向けてくる。

うるさい、おべんちゃらじゃなく本心だし、命を守ってくれる相手にはどれくらい下手《したて》に出ても出過ぎることはないんだよ、と目で言い訳してから顔を上げると、騎士妖精が楽しげな笑みを浮かべた。

「やはり王妃様の息子だな。顔は似ていても、凛々《りり》しい印象の王妃様とは随分雰囲気が違うと思ったが、根も似ているようだ。たぶんフラン王子とも気が合うだろう。『貴公』も悪くないが、『シルヴィー』か『デュー』と呼んでもいいぞ。それに敬語じゃなくていい。しばらく一緒に過ごすのにその口調は堅苦しいし、王族だとばれないようにと言われているのに、話し方で高貴な生まれだとわかってしまう」

早速《さっそく》愛称で呼ばせてくれるなんて、もうかなり心を開いてくれたみたいだ、と心強く思いながら、フランも笑顔で頷く。

「わかりました。……じゃなくて、わかった。ええと、母上が『シルヴィー』と呼んでいるみたいだから、僕は『デュー』と呼ばせてもらうね。僕のことも『フラン』と呼び捨てにしていいからね」

早くもっと仲良くなって、道中ポンコツぶりがバレても見捨てられないようにしなければ、と内心意気込む。

「ああ、そうしよう。ところで、そいつのことはなんと呼べばいい？」

デューが顎《あご》で仔狼を示すと、ピクッと気に食わなさそうに目を据《す》わらせ、（おまえに呼ばせる名などない）という初対面の第一声と同じような険悪な唸《うな》り声を上げる。

見た目だけなら可愛いのに、やっぱり中身はあの男なんだな、と改めて思いながら、

「それが、名前を聞く前にこの姿になっちゃったから、本名がわからないんだ。だから今朝ま

では、『君、ご飯だよ』とか名前は呼ばずに済ませてたんだけど」

と言うと、デューは腕を組んで仔狼を見おろした。

「ずっと名なしでは不便だし、便宜的に仮の呼び名をつけるか。……なにがいいかな、見たまんま『クロ』か『チビ』にするか」

単純すぎる仮名候補に、「ウォンッ、ガウゥッ」と強い拒絶の叫びが本人から上がる。

「嫌みたいだな。じゃあ、『ガウ』はどうだ」とからかうデューにフランは苦笑して首を振る。

「デュー、あんまりこの男を刺激しないほうがいいと思うよ。すっごく口が悪くて短気だから、あとで人間に戻ったとき、『よくもあのとき「ガウ」なんて呼んでくれたな』って絡まれるかもしれないよ」

きっと仔狼から成人男性の姿に戻っても、騎士妖精と剣を交《まじ》えて勝てるとは思えないが、罵《ば》詈雑言《りぞうごん》の応酬ならいい勝負になりそうで、一応忠告しておく。

フランは仔狼を見おろしてしばし考えてから、

「じゃあ、『ウルヴァー』っていうのはどうかな。中身は人間の狼だから狼人間《ウルヴァー》でも大きく間違ってはいないし、さっき『シルヴィー』って愛称を聞いて、『シルヴィー』と『ウルヴァー』ってなんとなく響きが合うような気がしたんだ」

と言うと、

「かっこよすぎじゃないか？　生粋《きっすい》の狼人間じゃなく、お仕置きで変身させられただけなのに」

とデューが笑う。

仔狼はグルルと悔しそうにデューを睨み、なにかを言おうとするかのように口を開閉させた。

フランはハッとしてしゃがみこみ、

「もしかして、ほんとの名前を言おうとしてるの？　ガウとかオオンとか以外にも声が出せるんだったら言ってみて。頑張って聞き取ってみるから」

と右耳をそばに寄せる。

仔狼は戸惑い顔で何度か試すように喉奥《のどおく》で唸ってから、「……エィウゥ」となんとなく名前らしき声を出した。

その発音に近い人間の名前を頭の中で推理しながら、

「ええと、なんだろう、『エイブ』とか『ディヴィー』とか？　じゃなかったら『セイル』とか『シェル』とか『レイル』とかかな」

とそれらしい名をいくつも挙げてみたが、仔狼は不本意そうにすべてに首を振った。

「そっか、やっぱり難しいな。狼の口じゃうまく発音できないみたいだし、僕もちゃんと聞き取れないや」

デューにはわかった？　と見上げると、肩を竦《すく》めて首を振られる。

フランはもう一度仔狼に目を戻し、

「じゃあさ、本名とは違うだろうけど、やっぱりこの旅の間だけ『ウルヴァー』って呼んでもいいかな。『エィウー』でもいいけれど、それだと僕が両手の人差し指を口に突っ込んで左右に引っ張りながら『フラン・ローゼミューレン』って言ったときに『ファン・オーエウーエン』になっちゃうのと似た感じだし、それで呼ばれてもあんまり嬉しくないかなと思って」

と妙な喩《たと》えを使って意向を問うと、仔狼はしばし黙考《もっこう》し、『クロ』や『チビ』や『ガウ』よりはマシだと思ったのか、（わかった）というように頷いた。

無事呼び名も決まったので、再び三人並んで歩き始める。

森の中を貫《つらぬ》く一本道にはほかに人影はなく、小鳥のさえずりや風が梢《こずえ》を揺らす音しか聞こえない。

フランは歩きながら肩にかけた布鞄《ぬのかばん》から地図を取りだし、広げてみる。

「ええと、城がここだから、まずこの道をまっすぐ森の端まで行って、四つ辻《つじ》を右に行けばいいんだよね」

主な目印と大きな道しか描かれていないざっくりしすぎの地図を上下左右に回しながらなんとか解読する。

自分ひとりだったら、この地図だけでは絶対に目的地まで辿りつけない自信があるが、デューは道を知っていると母が言っていたから、デューから離れなければ大丈夫だ、と心を強く持つ。

「ねえ、デュー、ここから魔女の里までどれくらいかかるの？　父上はそんなに長旅じゃないって言っていたけれど」

地図からでは距離が読みとれずに聞いてみると、

「そうだな、足に自信がある人間なら、日の出前から日の入り後まで、休憩も短めにして黙々と歩き続ければ、今日を入れて片道三日ってとこじゃないか」

と事もなげに言われ、フランは耳を疑う。

いままで近場の外出は馬で、もっと遠出をするときは馬車に乗っていたので、長時間歩き続けたことなどない。健脚《けんきゃく》の人で三日かかるなら、体力も脚力も根性もまったくない自分では一週間以上かかるかもしれない。

沈鬱《ちんうつ》な顔で黙り込んだフランを見やり、

「どうした、ばあやのためにもっと早く着きたいのか。なら、夜中まで歩けばもうすこし縮《ちぢ》められるぞ。俺の翅《はね》は光らせることもできるから、小さくなってランタンの代わりになってやる」

と善意で夜中まで歩く激走コースを提案され、フランは顔を引き攣《つ》らせて首を振る。

「……い、いや、その、夜は寝る時間だからちゃんと休まないといけないってばあやに言われて育ったもので……、僕、普段から王宮の庭を散歩するのと、両親のところに朝の挨拶《あいさつ》と就寝前の挨拶に行くのと、正餐室《せいさんしつ》に行くのと、勉強部屋に行くまでが結構遠くてたくさん歩くから、たぶん一日千歩くらいは歩いていると思うんだけど、朝から晩までなんて歩いたことないから、ちょっともう心が折れかけてて……」

正直に打ち明けると、デューがプッと噴き、ウルヴァーが（聞きしにまさる軟弱さだな）と言わんばかりの嫌味ったらしい目つきをする。

悔しいが、事実なので叱れず、その視線を黙殺《もくさつ》してデューを見上げ、

「でもさ、たとえ僕が健脚だったとしても、いま一番優先すべきなのはばあやの薬を一刻も早く手に入れて持ち帰ることなんだから、魔法でびゅっと行かせてくれるとか、さもなきゃ馬車を用意してくれるとか、もうすこし効率よく目的が果たせるようにしてくれたっていいのに、歩いて何日もかけて見聞《けんぶん》を広めながら行けなんて、うちの両親は絶対優先順位がおかしいと思わない？」

と先刻から胸に燻《くすぶ》っていた不満を訴える。

デューは苦笑を浮かべ、

「まあ、ついでに嫁探しもしろとまで言ってたし、たしかに一気にいろいろやらせすぎだとは思ったが、フランは普通の家の倅《せがれ》とは違うし、自由にあちこち出歩ける身じゃないから、この機会にやれることはやらせとけと思ったんじゃないか。王妃様たちだって好きこのんで息子を虐《しいた》げたいわけじゃなく、いろんな経験をさせて早く一人前になってほしいから心を鬼にして試練を与えてるんだ。泣きごとは言わずに親心を汲《く》んでやれよ」

と発破《はっぱ》をかけてくる。

親心はわかるが、それならこんな初手《しょて》から厳しい試練ではなく、もっと段階を踏んで小出し

に厳しくしてほしかった、と項垂《うなだ》れていると、ウルヴァーが片目を半眼《はんがん》にして、（いままでがありえないほど甘やかされすぎだったんだよ、ぼんくら王子）とせせら笑うような顔をしており、フランはムッと口を尖らせる。

やや考えてから、フランは布鞄に手を入れて弁当を包んでいた布巾《ふきん》を探し、革水筒《かわずいとう》を布巾で巻いてずれないように上下に結び目を作る。

なにやってんだ、という顔で見上げてくるウルヴァーにフランは言った。

「ウルヴァー、さっき母上に旅の間は僕に喧嘩を売らず協力してあげてって言われて『うん』みたいな返事してたよね。早速《さっそく》なんだけど、すこしでも荷物を軽くしたいから、この水筒を背中に背負って運んでくれない？　どうせ君も飲むし、僕はほかにも短剣とかワインとかいろいろ重いものを持ってるから、これくらい頼んでもいいよね？」

言質《げんち》を盾《たて》に取ると、（なんで俺がそんなことを。それくらい自分で持て）と言いたげな仏頂《ぶっちょう》面《づら》でプイとそっぽを向かれる。

きっとそういう可愛くない態度に出るだろうと予測していたので、フランはサッと横に飛びすさり、手の届かない位置まで距離を取ると、「ギャインッ」とウルヴァーが悲鳴を上げ、恨みがましい目つきでフランのそばに駆け寄ってくる。

「お水運んでくれる気になった？　今度から君が僕に憎たらしい態度を取ったら、容赦《ようしゃ》なく離れることにするからね。頭痛をお見舞いされたくなければいい子でいるしかないよ」

勝ち誇《ほこ》った顔で見おろすと、ウルヴァーは悔しげに歯を剝《む》きだしながらも、最終的には「……ガウ」と顎《あご》をしゃくって背を示した。

革水筒を背中に括《くく》りつけると、水色と白の格子縞《こうしじま》の包みを担いだ幼い家出狼のように見え、つい笑みを誘われる。

デューもおかしげに笑いを堪《こら》えながら、

「あえてそいつに背負わせたいのかもしれないが、荷物なんか全部俺が持ってやるぞ」

と手を差し出してくれたが、フランは「とんでもない」と首を振る。

「デューには余計なことをさせて疲れさせたくないから、普段は楽にしてて」

いざという時に備えて、デューには極力疲れるようなことはさせまいと鞄をしっかり手で押さえる。

ウルヴァーは（俺に対する態度とえらく違うじゃねえか）と言いたげにグルルと威嚇《いかく》しかけ、ハッとしたようにすぐに神妙な顔つきに戻って沈黙を守り、とことこと横をついてくる。

よし、それでいい、と我儘《わがまま》な獣の躾《しつけ》に成功した動物使いの気分で小さく頷いてから、フランは再びデューに目を戻した。

「ねえ、デューは普段母上と一緒にいるときは小さい姿でいるんだし、いまみたいに別に危険なことがなにもなさそうなときは小妖精の姿で僕の肩に乗ってもらって、なにかあったときだけ騎士に変身してもらえない？」

きっとずっと騎士の姿でいるより、小さい姿でいるほうが体力を温存できるのではないかと思われ、本当に危ないときには身を挺《てい》して守ってもらうのだから、平時はこちらが尽くすのが筋だという気がして提案する。

それに騎士の姿で並んで歩いてもらったら、体力と歩幅の違いですぐ置いていかれたり、自分だけ早々にバテて、「待って、すこし休憩させて」と何度も頼まなければならないだろうが、小さな姿になってもらって肩に乗せれば自分のペースで歩けるから、道中すこしでも楽なのではないかと画策《かくさく》する。

デューはフランを見おろし、

「俺はどちらでも構わないが、たしかに小さい姿でいたほうが路銀《ろぎん》の節約にはなるかもしれないな。もしどこかで辻馬車に乗れたら、俺が姿を消してフランの肩に乗っていれば一人分乗車賃を浮かせられるし、食堂でも俺の分は注文しなくて済むから、都合がいいかもしれん」

と実際的なことを呟き、パッと小妖精の姿に変身してフランの右肩に座った。

まるで重さを感じず風が乗ったような気配で、もし目を瞑《つぶ》っていたら本当に妖精がいるとは気づかないかもしれないくらいの軽さだった。

フランは顔を真横に向けて間近で足を組んで座るデューを見つめ、

「ねえ、食堂でなにも頼まなくていいって、妖精は小さくなると食事をしなくても平気なの？」

となにを食べて生きているのか不思議に思いながら問う。

「いや、食べることは食べるんだが、人間と同じように咀嚼《そしゃく》して消化するんじゃなく、食べ物の栄養分を抜きとるような食べ方をするんだ。量もこの姿なら干しぶどう一粒で充分だし、騎士の姿でもワイン一杯で賄《まかな》える。ただ、人間の食堂に一緒に入ってフランが普通に食べているのに俺がワインしか頼まないと、店の者に吸血鬼や人を襲うような魔物と思われて警戒されても困るから、騎士の姿のときは適当に一食頼んで食べるふりをしないといけないだろ。人間の食べ物も悪くはないが、油や塩気が強いものは養分を吸うだけでも胸やけがしてしまうから、花の精気を吸うほうが口に合うし、食欲も充たされるんだ」

妖精の生態を初めて知り、

「へえ、妖精って少食なんだね。じゃあ、綺麗な花が咲いてるところを見つけたら、いつでも遠慮なく精気を吸っていいからね。ちょくちょく栄養補給してくれていいから」

とフランは笑顔で促《うなが》す。

この先疲れて休みたくなってきたら、花が咲いているところを探して「あっ、あそこで精気を吸っておいでよ！」と何度も持ちかけて休憩しようと企みながら、

「あと、もしなにか妖精にはこれはしちゃいけないっていう決まりとかがあれば、先に教えといてくれない？　もし知らずにそれをしちゃってデューの力を弱めちゃったりしたら大変だし」

と訊いてみる。

道中の命綱《いのちづな》であるデューに自分の無知のせいでダメージを与えたりしたら大ごとなので、注

意事項を知っておきたくて訊ねると、デューはチラッとウルヴァーを見やる。

ウルヴァーもそんな弱点があるなら是非聞いておかなければ、というような顔で耳をぴくつかせており、デューは眉を顰《ひそ》めてフランの肩に膝立ちになった。

「もしウルヴァーと喧嘩したときにそこを狙われたら困るから、フランだけに教えてやる」

そう言うと、小さな両手でフランの耳たぶを摑んで、耳介《じかい》に顔を押しつけるようにして秘密を囁いた。

「俺の弱点は翅だから、不用意に触らないでほしい。フランが好奇心でちょっとつついたり、そっと触れたりする分にはなんともないが、悪意をもって翅を傷つけられると妖精の魔力が使えなくなるし、損傷がひどければ命にかかわることもある。妖精を捕まえようとする悪党の邪気を感じれば、鱗粉《りんぷん》が毒になって目潰しになったり、触れた手が腫《は》れあがって激痛をもたらすから、人間相手ならその隙に姿を消して逃げればいいんだが、もし至近距離から獣に飛びかかられて、爪や牙《きば》で翅を傷つけられたら、変身もできずに騎士として護衛の役目が果たせなくなっちまう」

重大な禁忌《きんき》を聞き、フランは真顔で頷く。

「わかった。絶対そこには触らないし、もしウルヴァーがそんなことをしようとしたら、僕が全力で走り去って頭痛で動けないようにして阻止《そし》してあげるからね」

きっぱりと約束すると、ウルヴァーがビクッと背中の毛を逆立てる。

すぐ頭痛をちらつかせるフランを恨めしげに睨むウルヴァーを見おろし、

「君が僕やデューに礼儀正しく振る舞う限り、僕からはなにもする気はないから、別に恨まれる筋合いはないからね。なにがあってもデューに喧嘩を売ったり、飛びかかったりしちゃダメだよ。もし小さいデューを甘く見て腕力に訴えようとしたら、急所から毒をお見舞いされて大変なことになるし、僕からも頭痛をお見舞いするから、肝《きも》に銘《めい》じておいてよ」

ときつく釘を刺すと、（わかったよ！）というようなやけっぱちな声でウルヴァーが吠える。

デューがその様子を楽しげに眺めながら、

「俺の急所から出るのは毒だけじゃないぞ。頭からかけると羽根がなくても空が飛べるし、ちょっとした傷ならあれをひと振りすれば治せる」

と直接「鱗粉」と口にするとウルヴァーに翅が弱点だと悟《さと》られてしまうので、指示語で鱗粉のほかの効能も教えてくれる。

フランは目を丸くして、

「そうなの？　すごいね！　デューの急所のあれってそんなにいろんなことができるんだ……！」

と意図を察して一緒に指示語を使いながら感嘆《かんたん》する。

ウルヴァーが（急所のアレ……？）と言いたげなうろんな目つきを向けてきたが、「君には詳しく言えないけど」とはぐらかし、フランはデューに目を戻す。

「ねえ、デュー、僕にも是非あれをかけてくれない？　空を飛んでみたいんだ」

すこしでも楽に魔女の里に行きたくて懇願《こんがん》すると、デューが苦笑して首を振った。

「ダメだ。一回かけたくらいじゃ長い距離は飛べないし、何度もかけ直さないといけないから却って手間だし、昼間だと目立つから、怪鳥《かいちょう》に餌《えさ》と間違われるかもしれないぞ。それに王妃様から『魔法の助けを借りず、苦労は買ってでもしろ』と言われているだろ」

「そうだけど……」

怪鳥の餌にはなりたくないが、三日かそれ以上歩くのも辛すぎる、としょんぼりしながら森が終わるまで歩く。

すでにぜえはあしながら四つ辻まで来ると、道の周囲にははるか遠くまで黄金色《こがねいろ》の麦畑が広がっており、額の汗を拭《ぬぐ》ってしばし景色を堪能《たんのう》する。

城のこちら側には来たことがなかったので、新鮮な気持ちで遠くの山々や風に揺れる麦の穂を眺めつつ呼吸を整えていると、王都のダートキーア方面からガタゴトと馬に荷車を引かせた農夫のおじいさんがこちらに近づいてくる。

ゆっくりと横を通り過ぎる農夫に道の端から会釈《えしゃく》してさりげなく荷車の中を覗くと、どこかに荷を下ろした帰りなのか、荷台は空《から》だった。

自分たちが目指すのと同じ方向に進んでいく荷車に頼めば乗せてくれるかも、と閃《ひらめ》いて、「おじいさん、お待ちください！」と声をかける。

通りすぎてしまう前に荷馬車の前方に座っている農夫のもとへ行かなければ、と急いで駆けだすと、背後で「ギャイン！」と悲鳴が聞こえたが、振り返らずに走って回り込む。

「お若いの、なにかわしに用かい。おんや、随分めんこい妖精を乗せてるじゃないかい」

農夫が手綱《たづな》を引いて馬を止め、デューに目を留めて帽子の下の日に焼けた顔を綻《ほころ》ばせた。

人の好《よ》さそうな顔つきと口調に励《はげ》まされ、フランは両手を組み合わせて哀願《あいがん》した。

「突然お声掛けして申し訳ありません。実は、ディテレーニに向かう旅の途中なのですが、あまり旅慣れていないもので、たくさん歩いて足が痛くなってしまったんです。もしよろしければ、後ろに乗せていただけたら大変ありがたいのですが」

遠慮がちな口調で図々しい頼み事をすると、農夫はフランの物言いに戸惑ったように上から下まで眺めてから、

「……どこのお屋敷の坊ちゃんか知らんが、どうやらだいぶ長いこと歩きなさったようだし、こんなボロ車でいいならお乗んなせえ。ただ、わしゃクラノス村に帰るとこだから、そこまでしか乗せてあげられんが」

と突然の申し出にも乗車拒否せず了承してくれた。

フランはありがたさに感激しながら、

「ご親切に感謝いたします。クラノス村がどこにあるのかちょっとよくわからないのですが、おじいさんのご都合のよいところまでで結構ですし、乗せていただけるだけで本当に助かりま

す」

　と丁寧にお辞儀《じぎ》をし、こういうときだけ軽やかに動く足でタタッと荷車の後ろ側に回る。遅れを取らじと一緒に駆けてきたウルヴァーを先に抱き上げて荷台に乗せ、腿《もも》の高さまである荷台の端に背を向けて立ち、後ろ手をついてぴょんと尻で飛び乗る。

「おじいさん、乗れました」

　荷車を止めて待っていてくれた農夫を振り返ると、こちらを見ていた農夫がウルヴァーを見て顎《あご》を引き、

「なんじゃそりゃ、犬かと思ったが、狼の仔かい。なんか背負ってるし、飼ってるのかもしれんが、噛んだりはしないのかい。わしの馬がおっかながるといかんから、ちゃんと抱いてこっちにこさせんようにしとくれ」

　と注意を受ける。

　中身は人間だから人や馬を襲ったりしませんよ、と言おうかとも思ったが、なんでそんなことになったのか経緯《けいい》を聞かれて答えるうちに王子だと気づかれて、王子様を荷馬車に乗せるわけには、などと恐縮されて降ろされたりしては大変なので、フランはそばにいたウルヴァーをサッと抱え上げた。

「ちゃんとこうしてしっかり抱いていますから、ご安心ください。でも、この子はとても利口《りこう》で人の言葉もわかりますし、大人しくて絶対噛みついたりしないので大丈夫なんですよ」

無害な飼い狼だとアピールするために笑顔でぎゅっと抱いて頬ずりしてみせる。

ウルヴァーはギョッとしたように身を固くしたが、農夫が前を向くまではじっとそのままでいてくれた。

荷馬車がゆっくり動き出すと、

「いきなり突撃するから驚いたが、意外と物おじしないんだな。まだたいして歩いていないのにさも長旅してきたような言い草はどうかと思うが、まあ目を瞑《つむ》ってやる。それにしても、親切な人に当たってよかったな。これがごうつくばりのおやじとかだったら、フランをどこぞのお貴族様の子息と踏んで、謝礼をふんだくろうとしたかもしれないぞ」

とデューが囁いてくる。

「なるほど、たしかに召使じゃない人になにかをしてもらったら、相応の謝礼は必要かもしれないね」

フランは神妙に呟いてから、

「でも、最初に出会った人がいい人だったたって、すごく幸先《さいさき》がいい気がするし、なんだかこの先も頑張れそうな気がしてきたよ」

と笑顔で返して、胸に抱いていたウルヴァーを膝の上に下ろす。

農夫に聞かれないようにウルヴァーの耳元に顔を寄せ、

「ウルヴァー、急に馴れ馴れしくしたのに暴れたり吠えたりしないでくれてありがとう。おかげでおじいさんもお利口な飼い狼って信じてくれたし、降ろされずに済んだよ。このあとも、おじいさんが途中で振り返ったりするかもしれないから、クラノス村まで大人しく僕の膝に座っててくれる？」

と小声で頼むと、ウルヴァーはチラッと素《そ》っ気《け》ない視線を向けてから、おもむろに四肢《しし》を折ってフランの両腿《りょうもも》にうずくまった。

「……あ」

いかにも『やだね』と飛び降りそうな顔つきだったので、素直にいうことを聞いてくれたのが意外で、思わず本物のペットにするように頭をいいこいいこしてしまう。

ピクッと一瞬耳を立てて身を固くしたので、（なにすんじゃい）と凄《すご》まれるかと思ったら、ウルヴァーは嫌がってフランの手を振り払ったりせず、そのまま大人しく折った前脚に顔を乗せて薄目を閉じた。

中の人間としては不本意でも、容《い》れ物の仔狼の体は頭を撫でられると気持ちいいのかな、とこっそり口元に笑みを刷《は》き、もうすこし撫でてみる。

いままでこんな風に嘘でも親密に触れる機会がなく、こんなに毛艶《けづや》よく滑《なめ》らかな毛並みをしているとは気づかなかった。

いつも態度も目つきもやさぐれているし、毛もごわごわした剛毛《ごうもう》なのではないかと思っており、本人も手の届く範囲の端から近づいてこなかったので、じっくり触ったのは初めてだった。

撫でていると自分の掌《てのひら》も気持ちよく、なんだか癒《いや》されるような心地がする。

耳の間から額《ひたい》にかけて何度も撫でてから、つい犬猫にするように喉元《のどもと》をころころと指先でくすぐると、（それはやめろ）と言いたげに軽く片目で睨まれたが、尻尾《しっぽ》がかすかにパタパタ動いており、やっぱり容れ物のほうは気持ちいいのかも、と笑いを嚙み殺す。

農夫のおじいさんに言われたから致し方なく、という態《てい》で飼い主と飼い狼のように穏やかに触れ合い、感触を満喫《まんきつ》してからふと目を上げると、左手の森の奥から覗くダートキーア城がだんだん遠ざかっていくのが見えた。

もうここまで来たんだから、ばあやのために頑張らなきゃ、という気持ちと、まだいまなら誰かが追いかけてきて替わると言ってくれたら喜んで戻っちゃうんだけど、という気持ちの間で揺れながら小さくなっていく城を見つめる。

農夫がディテレーニになにをしにいくのか、どこから来たのかなど、のんびり訊ねてくるのに当たりさわりない範囲で答えながら、ポックポックという規則的な蹄《ひづめ》の音と車軸《しゃじく》の微妙な揺れと、のどかな風景とあたたかい日差しと膝の上のぬくもりのすべてに眠気を誘われ、かくっと一瞬首が落ちる。

このまま青空の下、荷馬車に揺られながら昼寝ができたら最高かも、と誘惑に駆られたが、まだ旅が始まったばかりなのにもう寝てしまったら、あとで人間に戻ったウルヴァーに「やっぱり昼寝のことしか考えてないぼんくら王子だったな」とせせら笑われるかも、とぐっと堪え、フランは頭を振ってなんとか眠気を追い払う。

水でも飲めばしゃっきりするかも、とウルヴァーの背中に背負わせた布巾の結び目を解《ほど》き、革水筒の栓《せん》を外して飲み口を銜《くわ》える。

ヤギの革は肌理《きめ》が細かく保冷効果が高いので、汲《く》みたてのようなひんやりした水をごくごく飲み、後のことも考えて、もうちょっと飲みたいくらいのところでやめておく。

下からじっと見上げてくるウルヴァーに「君も喉渇《かわ》いたよね。……あ、でも器がないな」と鞄の中を探してから、「じゃあ、いまは僕の手から飲んで」と左の掌を上向きにしてお椀《わん》のように丸め、中央のくぼみに水を注《つ》いで口元に差し出す。

ウルヴァーはゴクッと喉を鳴らしつつ、チラッとフランを窺ってくる。

謝罪のためにブーツの爪先《つまさき》に口づけるのを拒《こば》んで仔狼のままでいるのに、水を飲むために手を舐めたりしたら、同じくらい屈辱的行為になるのでは、と躊躇《ちゅうちょ》しているらしく、

「ただ水を飲むだけなんだから、仮に僕の手を舐めちゃったとしてもたまたまの事故だし、別に屈辱とか思わなくていいから、早く飲んでくれないかな。ぐずぐずしてると指の隙間から貴重な水が漏っちゃうよ」

と急《せ》かすと、もう一度チラッとフランを見てから渋々のように頷き、本当はかなり痩《や》せ我慢していたのか、勢いよくフランの左手に鼻面《はなづら》を突っ込んでくる。

デューが耳元で「いちいちめんどくさい奴だな」と囁くのに同意しながら、無心に水を飲む

様子を眺める。

ぴちゃぴちゃと幼い舌で水を掬《すく》うたびに掌をくすぐられ、こそばゆくてたまらなかったが、迂闊《うかつ》に笑ったりしたら、拗《す》ねて頭痛を物ともせずに噛みつかれても困るので、根性で我慢する。

一杯では足りずに二度おかわりを要求され、笑わないように顔面の筋肉と腹筋を鍛《きた》えられたあと、右肩に留まっているデューにも、

「デューも飲む？　あ、水よりワインのほうがいいかな」

と訊ねると、

「いや、俺はまだいい。ほとんどフランの肩にいただけだから、そんなに喉は渇いてないし」

とやはり人間や動物と同じようには口渇感《こうかつかん》を覚えないようだった。

時を告げる教会の鐘《かね》の音が遠くに聞こえ、城がはるか彼方《かなた》に霞むほど遠ざかった頃、農夫がこちらを振り返り、

「お若いの、そろそろわしの家のほうへ曲がらなきゃいかんから、このへんで降りてもらえんかね」

と快適なドライブの終焉《しゅうえん》を告げられる。

まだ降りたくなかったが、だいぶ足を休ませてもらえたし、板張りの荷台に直《じか》に座っていたせいですこし尻も痛くなってきたので、フランは素直に「はい、本当に助かりました」と頭を下げ、一旦ウルヴァーを荷台に置いて、止めてくれた荷車から飛び降りる。

降りてからもう一度ウルヴァーを腕に抱き、農夫のところまで行って改めて礼をする。

「おじいさんのご親切とご厚意《こうい》は忘れません。なにか感謝の気持ちをお伝えできるものをお渡ししたいのですが、あいにく路銀の持ち合わせが硬貨一枚で、今夜の宿代なので差し上げられないんです。御礼にならないかもしれませんが、お弁当とりんごなら僕が空腹を我慢すればいいので、お受け取りいただけますか？」

手持ちの荷物の中で、地図と短剣と水と薬は自分のために、ワインはデューのために取っておいたほうがいいと思われ、残りのものであげられそうなものを謝礼に渡そうとすると、農夫は目を瞬《しばた》いてから笑って首を振った。

「礼などいらんて。同じ方向だからついでに乗せただけだし、その気持ちだけで充分だよ。まだディテレーニまでだいぶあるし、気をつけてお行きんさい」

穏和《おんわ》な笑顔でそう言われ、「はい、ありがとうございます」とフランも笑顔を返すと、農夫は肩にいるデューと胸に抱えたウルヴァーに視線を留め、

「銀の妖精と狼の小僧っこ、おまえさんたちのご主人様はひとり旅するにはちっとばかりあぶなっかしいようだから、ふたりでしっかりお守りするんだぞ」

と話しかけ、馬首を細い側道《そくどう》へと向けた。

今度こそ（こんなのご主人様じゃねえ！）とウルヴァーが怒って吠えたてるのでは、と一瞬ひやっとしたが、一応空気を読んで大人しくしていてくれ、農夫はフランに会釈《えしゃく》をするとクラ

ノス村へと続く道に逸れていった。

農夫を見送ってからウルヴァーを下に下ろし、また田舎の街道を徒歩で進み始める。時折通る馬車や荷車はみなダートキーアのほうへ向かうものばかりで、その後は乗せてもらえそうな車とはめぐりあえなかった。

途中弁当休憩を取って気力体力の回復に努《つと》めたが、歩き出すとすぐに足が痛んできて昏睡《こんすい》前のラフェルテよりもよぼよぼした足取りになってしまう。

「……ねえ、いま名案を思いついたんだけれど、進路をちょっと変えて先に竜人族の村に行って、ドーセットに頼んで背中に乗せてもらって魔女の里にひとっ飛びしてもらうっていうのはどうかな。きっとあっという間だよ。魔法は使ってないから、母上にも怒られないと思うし」

なんとか最短で行ける策をひねりだすと、肩先でデューが呆れた声で言った。

「竜の力を借りるのも、魔法を使うのとたいして変わらないズルだろうが。それにフランはダートシーの地理をもっとちゃんと勉強したほうがいいぞ。フーデガルドはディテレーニよりずっと遠くにあるから、逆に遠回りでディテレーニに行くより大変だぞ」

「え、そうだったっけ。もう疲れすぎて脳に血が回らなくて間違えちゃったのかも……」

肩を落として言い訳すると、（ほんとにそのせいか？　前からアホだったんじゃないのか）とでも言いたげな目つきでウルヴァーが器用に片側だけ歯を剝き出してせせら笑う。

「だから、そういう感じ悪い顔するとこうするよって言ったよね！」

それまでよれよれだった割に、ウルヴァーを懲《こ》らしめるためなら俊敏に身体が動き、フランが全力で前に駆けだすと、ギャインとウルヴァーが追いかけてくる。

そんな風に時々喧嘩しては全力疾走《しっそう》したり、疲れてよぼよぼしたりを繰り返しながら日が暮れるまで歩き続け、夕日が山間《やまあい》に沈む頃、街道沿いに一軒だけぽつんと佇《たたず》む宿の灯《あか》りが見えてきた。

＊＊＊＊＊

「……あのぅ、こんばんは、宿を取りたいのですが、一部屋空《あ》いていますでしょうか……？」

軒先《のきさき》に「金のりんご亭」という看板がかかった宿屋に入ると、一階が食堂兼酒場になっており、酔客《すいきゃく》で賑《にぎ》わっていた。

デューはよく酔っ払いが妖精を珍しがって無遠慮に触ろうとするのが鬱陶《うっとう》しいからと、姿を消してフランの右肩に留まっている。

忙しくテーブルの間を回って給仕していた中年の女性がフランに気づき、盆を小脇に抱えて入口まで来る。

「お兄さん、おひとりかい？　二階の角部屋が空いてるよ。うちは先払いで素泊まり四グリーナ、食事つきなら六グリーナ、身体を拭《ふ》くためのお湯は手桶《ておけ》一杯で一グリーナ、馬で来ているなら飼《か》い葉《ば》も一グリーナだよ。明日は隣村でかぼちゃ祭りがあるからいつもより混んでるんだ。早く決めないと部屋が埋《う》まっちまうよ」

グリーナというお金の単位は初耳で、一グラナートは何グリーナになるんだろうと首をひねる。

デューに聞けばわかるだろうが、いまは存在を隠しているので人前では話しかけられず、

「ええと、馬はいないので、食事とお湯つきの部屋を頼んだら、一グラナートで足りますか？　もし不足なら、足りる分だけで結構です」

と魔法の巾着《きんちゃく》袋から金貨を一枚取り出すと、女将《おかみ》は言葉つきを改め、

「まあまあ、もちろん足りますとも。一番上等の客室にご案内しますし、料理も並みよりいいものをお出しして、お湯も手桶じゃなく盥《たらい》一杯沸かしましょう。さあさあ、お二階にご案内しますから、どうぞこちらへ」

と愛想《あいそ》よく中に招いてくれた。

が、一緒についてきたウルヴァーに気づくと、

「あらやだ、この野良犬、狼じゃないか。なんでこんなところに狼なんか……、シッシッ、入って来るんじゃないよ。あっちへお行き！」

と盆で追い払おうとしたので、フランは慌てて「お待ちを！」とウルヴァーを抱き上げる。

「すみません、この子は野良ではなく、僕が世話をしている子で……一見狼に見えるんですが、その、母親が雑種の黒犬で……この子を産みおとしたときに母犬が命を落としてしまって、僕が母代わりに育てているのですが、まだ子供なので僕と離れると淋しがって鳴き続けてしまうのです。僕のそばにいれば静かですし、決して人を噛んだりしませんので、どうかこの子も一緒に泊まらせていただけませんか……？」

咄嗟《とっさ》に信じてもらえそうな物語を作って懇願《こんがん》すると、困ったように女将が眉を顰《ひそ》める。

「……そう言われてもねえ、鳥かごに入った小鳥とかなら持ち込んでも構わないけど、犬は毛が落ちたり、ノミもついてるから中に入れてほしくないんですよ。外に繋いでおけませんか？」

女将の言葉に、紐《ひも》で繋がれるという屈辱的な扱いやフランと離されて味わう頭痛の恐怖にウルヴァーがブルッと身を震わせるのが抱いた腕に伝わってきた。

それまで城で共に過ごした七日間も、夜は寝台の足元の床に狼用の寝床を置いて寝てもらおうとしたが、寝台から床まで手が届かないせいで頭痛が起きてギャインギャインうるさいので、仕方なく同じ寝台に乗せて一緒に寝ていた。

ただ宿屋では城のような自由はきかず、中まで動物を連れ込むのは迷惑だと言われたら従うしかないが、自分だけ客室に泊まってウルヴァーを外に繋いだまま放置すれば、朝まで頭痛に苦しむのは明らかで、いくら身から出た錆《さび》でもそれはさすがに不憫《ふびん》だと思った。

「……この子を一晩中外に置き去りにすることはできないので、もしどうしても僕しか部屋に入れてもらえないのでしたら、こちらに泊めていただくのは諦めるしか……」

初対面から罵声《ばせい》を浴びせてきて、いまもちょくちょく可愛くない態度を取る相手にここまで気遣ってやる義理はないような気もするが、外でのたうちまわっているのを後日《しりめ》に安眠できるほど図太くなく、今夜は野宿を覚悟したとき、

「待てフラン、厩《うまや》や納屋《なや》でいいからウルヴァーと一緒に泊めてくれって頼んでみろ。屋根があるだけ野宿よりはマシだろう」

とデューが耳元で囁いてきた。

そんな場所に泊まれるという発想がなかったので、たしかに屋根があるほうがいいかも、とフランも思い直し、

「ではマダム、お金はそのままでお釣りもいりませんので、この子と一緒に厩か納屋に泊めていただけませんか？　食事も普通のもので結構ですし、お湯も手桶の分だけで構いませんので」

と譲歩してみる。

もしそれすらダメだと言われたら、実はこの国の王子だと名乗れば、きっと狼がいようと下《した》にも置かない扱いを受けられるのではないか、とちらっと思ったが、いまの自分の服装や、供

が小妖精と仔狼だけで身分を証《あか》せるものがなにもない状況ではただの大法螺《おおぼら》吹きと思われるだけかも、と口を噤《つぐ》む。

女将はグラナート金貨で納屋を所望《しょもう》する客に目を丸くし、「納屋にそんな大金をいただくわけには……」と躊躇《ちゅうちょ》したが、「いえ、この子と離れずに済むなら、そのほうがありがたいので是非」と重ねて頼んで了承してもらう。

女将はフランを宿の裏手にある納屋に案内し、

「ごちゃごちゃしたままですいませんけど、どうぞマントや靴を脱いで楽になさってください。すぐにお食事をお持ちしますからね。厠《かわや》は外にありますので」

とフランのマントを脱がせて壁の釘《くぎ》にかけ、手にしていた燭台《しょくだい》の火をランプに移し、隅の飼い葉用の藁《わら》の山に両手を入れて膨《ふく》らませる。

手近な大きな樽《たる》の上の埃《ほこり》を手で払い、中くらいの樽を椅子がわりに引き寄せてフランに座るよう促《うなが》し、食事を取りに女将は建屋《たてや》に戻っていった。

ランプに照らしだされた納屋の中には大量の薪《まき》やいくつもの麻袋に入った小麦やじゃがいも、りんごの詰まった木箱やジャムや野菜の酢《す》漬けなど保存食の瓶詰《びんづめ》、エールや塩漬け肉の樽、宿の客室用のシーツの洗い替えや馬車の車輪や木の端材《はざい》や大工道具にロープなど、種々雑多なものが所狭しと詰めこまれていた。

城の貯蔵室にもあまり入ったことがないので樽に座って興味深く眺めていると、デューが姿

を現して、

「大丈夫か？　さすがにこんなところに泊まるのは王子様には試練がきつすぎるか？」

と案じるようにフランの表情を窺ってくる。

平常時だったら、こんなねずみが大家族で住んでいそうな場所で藁の寝床に寝るなんてとても無理、と躊躇してしまう気がしたが、いまはもう疲れすぎて、身体を休められるならどこでもよかった。

「大丈夫だよ、デュー。ちょっと驚いたけれど、厩じゃなくてこっちでよかったし。だって厩だと馬糞《ばふん》の匂いを嗅《か》ぎながら食事をしなきゃいけないだろうから、そのほうが試練だしさ」

そう笑って言うと、足元のウルヴァーがやや気まずげな顔で見上げてくる。

すこしは自分のせいで納屋に泊まる羽目になったことに責任を感じているらしく、心底根性曲がりではないのかも、と思いながら、

「別に気にしなくていいよ。母上に苦労は買ってでもしろって言われてるから、初日からこんなところに泊まったって話したら、『まあ、ちゃんと民の暮らしを知ろうと努力したのですね』って誉められる気がするし、君がなんにも悪いことをしなければ、僕は君をわざと痛めつけるようなことはしないって言っただろ」

と微笑して、膝に乗せていた右手を下ろして軽くウルヴァーの頭を撫でる。

しばらくして女将が腰に小さなランタンをぶら下げ、いい匂いのする大きな盆と、熱い湯を

入れた手桶《ておけ》を両手に持って戻ってきた。

「食べ終わる頃にちょうどいい温度に冷めるように熱く沸かしてきましたから、先にお食べくださいな。この手ぬぐいと石鹸《せっけん》を使って身体を拭いてもらって、後で頃合いを見て取りに来ますから、使った盆と手桶は戸口の外に出しておいてください。寝るときはランプを消して、くれぐれも火を出さないでくださいね」

「わかりました。いろいろお気遣いありがとうございます。わあ、美味《おい》しそうだ」

テーブル代わりの樽の上に載せられた盆には湯気の立つウサギ肉のシチュー、空豆と仔牛のパテ、妖獣《ようじゅう》グァンピーの串焼き、とろけたチーズにつけて食べるパン、黒スグリのパイにワイン、ウルヴァー用に大きな骨付き肉も用意され、部屋は納屋でも食事は金貨に見合うものにしてやろうという良心的な配慮が感じられた。

「たんと召し上がれ」と言いながら女将が出ていくと、フランは隣の樽の上にウルヴァーを抱き上げ、骨付き肉の皿を置く。

城にいたときも、中身が人間なのに床に平皿を置いて犬食いさせるのはさすがに辱《はずかし》めのようでためらわれ、同じテーブルの上に乗せてやり、人間と同じメニューを並んで食べるようにしていた。

いまは同じ樽にはウルヴァーを乗せられる場所がなかったので、手の届く隣の樽に乗せ、軽く肉にナイフを入れて食べやすくしてやり、小妖精の姿のデューには黒すぐりのパイを細く切ったものを供《きょう》し、食前の祈りをしてから三人で夕飯をいただく。

昼に食べた弁当は道中の歩行ですべて消費されてしまったので、あたたかくて量もたっぷりの宿の食事が臓腑《ぞうふ》に沁み渡り、心まで充たされる。

もぐもぐ食べながら、小さなデューがどうやって食事をするのか観察していると、パイの上に手を翳《かざ》して香りを吸い込むような仕草をしただけで、栄養分が吸い取られた部分がさらりと粉状に崩れ、サッと消えてしまう。

まるで手品のような食べ方にフランは興味津々《しんしん》で、

「ねえデュー、よかったら騎士の姿になってワインを飲むところも見せてくれない？　嗅《か》いだだけで中身が消えちゃうの？」

とワクワクとねだると、しょうがないな、と苦笑したデューが一瞬で騎士に変身し、向かいに中くらいの樽を引き寄せて腰かけた。

優雅な仕草でグラスを持ち、口元に運びつつも口はつけず、伏し目にグラスを揺らしながら香りを聞くような仕草をすると、静かにワインの量が減っていく。

妖精の食べ方も興味深いが、間近で見たデューの美しさにも惚れぼれしてしまい、

「デューって改めてよく見ると、かっこいいだけじゃなくものすごく綺麗だね」

とフランは率直《そっちょく》に感嘆する。

デューは銀色の長い睫《まつげ》をゆるやかに上下させて、

「そうか。フランも俺ほどじゃないが、人間にしては可愛いぞ」

と笑みながら言った。

さすが自覚と自信があるんだな、と思っていると、急にウルヴァーが皿の上に派手な音を立てて骨を落とし、フランに向かってなにやらギャオギャオ訴えてくる。

左の前脚でデューと自分を指して不満げに文句を言っているように見えるが、なにが言いたいのかよくわからず、

「……んーと、もしかして、早く食べないとお湯が冷めちゃうぞって言ってるの？」

とデューの足元にある手桶を指しているのかと推理して訊いてみると、ウルヴァーは（違うっ！）と言いたげに「ウガゥ！」と吠《ほ》える。

「『違う』っていうのはわかったけど、なにぶうぶう言ってるのかわかんないな。……あ、わかった、おかわりがほしいんだね」

ウルヴァーの骨付き肉が骨だけになっているのを見て、まだ足りなくて怒っていたのかと察しをつける。

元が長身の大柄な男だったせいか、いまは容《い》れ物が小さいのに城でも食欲旺盛《おうせい》だったので、フランはウルヴァーの皿を取って自分の盆からシチューやパテや串焼きを半分分けて載せてやる。

どうぞ、とおかわりを渡してから、またデューのほうに顔を向けて話の続きに戻る。

「ねえ、デュー、僕、絵を描くのが好きなんだけれど、城に戻ってばあやも元気になって落ち着いたら、君の絵を描かせてくれないかな。宮廷家庭教師も僕に絵心があることは認めてくれてるんだ。綺麗なものや素敵なものを見るとすぐ描いてみたくなっちゃうんだけど、いまはそんなことしてる時間も道具もないから、旅から戻ったら是非君をモデルに描かせてくれない？」

熱心に頼むと、デューは満更でもなさそうに「まあ、そこまで言うなら、暇なときなら構わないぞ」ともったいぶりながら頷いてくれた。

「ありがとう、楽しみだよ」と笑顔で礼を言うと、またウルヴァーがガチャンと皿を鳴らし、聞いたこともないような大きな音でげっぷをした。

明らかにわざとやったのが丸わかりの顔つきにフランは眉を顰め、

「ちょっとウルヴァー、無作法だよ。いくらいまは狼でも中身は人間なんだから、食事中にやめてよね」

と窘《たしな》めると、デューが肩を竦《すく》めて言った。

「さっきからフランに構ってほしいんじゃないか。フランが俺に話しかけるたびになんだかんだ茶々いれてくるし、容れ物が子供だと中身まで子供っぽくなるのかもしれんな。いや、こいつは元々人間のときからガキっぽいか。初対面で名乗りもせず罵詈雑言《ばりぞうごん》浴びせるなんて、成熟した大人のすることじゃないし」

そうあしらわれたウルヴァーはギリッと悔しげに牙《きば》を噛み鳴らし、次の瞬間、樽の上を蹴《け》ってバッとデューに飛びかかった。

「ちょっ、ウルヴァー！」

驚いて叫んだフランの目の前でひらりとデューが身を躱《かわ》す。

床に飛び降りてデューを追おうとしたウルヴァーは、安全範囲からすぐにはみ出して頭痛に苦しみだし、ほうほうの態《てい》で足元に戻ってくる。

フランは冷ややかな一瞥《いちべつ》を向け、

「……君はバカなの？　学習能力っていう言葉、僕でも知ってるのに君は知らないみたいだね」

と冷たく言い放ち、樽から立ち上がってウルヴァーを荷物のように担《かつ》ぎ上げると、すたすたと納屋の戸口まで行って外に下ろし、ぴしゃっと戸を閉めた。

ギャインと苦悶《くもん》の声が向こう側から聞こえたが、

「そこでしばらく反省してて。いま、君のために快適な宿の部屋を諦めたことをすごく後悔してるよ。君には礼節をもって振る舞ってって頼んだよね。たしかにいまデューは君の耳に痛いことを言ったけれど、飛びかかるほどのことじゃないし、事実じゃないか。異を唱《とな》えたいなら、暴力に訴えたりしないで普通に言いなよ。狼語は難しいけど頑張って解読するから。いくら痛そうな声出したって、ちゃんと反省するまで絶対入れてあげないからね！」

ときっぱり断言し、また樽まで戻って食事を続ける。

戸口をガリガリ引っ掻《か》いて必死に助けを求める鳴き声が絶え間なく聞こえてくるが、フランは聞こえないふりで黙々とデザートのパイまで食べ終え、食器を片づけてから桶の湯で顔を洗う。

日頃ばあやや召使に着替えや沐浴《もくよく》を手伝ってもらう習慣があるので、デューがいてもたいしてためらわずに服を脱ぐ。

樽に座ってブーツと靴下を脱ぐと、靴下に血が滲んでおり、両足の裏を確かめると血肉刺《ちまめ》や水ぶくれがいくつもできており、中には潰れているものもあった。

「あぁ、やっぱりこんなことになってたのか。道理でものすごく足が痛いと思った。肉刺ができたのなんて初めてだよ。人生で一番長く歩いた記念の負傷だけど、ばあやもいないし、この足で明日も明後日《あさって》も、もしかしたらもっと歩かなきゃいけないと思うと泣けてくる……」

右足の腿《もも》に左足首を乗せ、肉刺が破れてめくれた皮を涙目でつついていると、「ちょっと見せてみろ」とデューがそばに跪《ひざまず》いた。

「このくらいなら妖精の力で治せるから、いまやってやる」

そう言ってデューはフランの足を片方ずつ掌《てのひら》に乗せ、もう一方の手を翳す。

小妖精の姿になって翅《はね》を振るのかと思っていたら、騎士のままでも掌からキラキラとした光の欠片《かけら》が零《こぼ》れてきて、潰れた肉刺や水ぶくれが見る間に消えていく。

「すごいよ、デュー！　ほんとに治った！　ありがとう、お湯につけても全然滲《し》みないよ！」

「ならよかった。なるべく手助けせず自力でやらせろと言われているが、命にかかわらなくても肉刺だらけの足で血を流しながら歩けとまでは王妃様も望まないだろう」

うんうん、きっと望まないよ、とこくこく頷いて、フランは機嫌よく手で石鹸を泡立てて身体を擦《こす》り、湯で絞《しぼ》った手拭《てぬぐ》いで二度拭って全身をさっぱりさせる。

本当は外でギャウギャウ騒いでいるウルヴァーの足も洗ってやるつもりだったが、まだ声に反省の色が足りない、と厳しい判定を下し、もうすこし放置することにする。

椅子がわりの樽の上に載せていたシャツや下着をもう一度着ようとしたら、デューが先に服を取り上げ、

「妖精と違って人間は汗をかくし、明日の朝に一式綺麗なものを着られるように洗ってやる。フランはこれを巻いて藁に潜《もぐ》って休んでいろ」

と壁にかかっていたフランのマントを抛《ほう》ってくる。

鎧《よろい》を着たまま手桶の残り湯で洗濯を始める姿に呆気《あっけ》に取られ、しばしぽかんと見つめてからハッと我に返る。

「いいよデュー、騎士妖精にそんなことさせられないから、自分でやるよ！」

焦《あせ》って止めようとすると、

「気にするな。俺の親戚にはブラウニーやシルキーもいて、家事妖精の血も流れてるから手先は器用なんだ。毎朝王妃様の髪を結《ゆ》ってるのも俺だしな。どうせフランは普段洗濯なんかしたことないだろうし、俺のほうが上手に靴下の血の染みも抜けるから任せとけ」

と自信ありげに言われてしまい、実際日頃身の回りのことはすべてばあやや召使にしてもらってなにもできないので、フランは大人しくマントにくるまって樽に腰掛ける。

結構楽しそうに洗濯している様子を眺めていると、ふと外でうるさく続いていた鳴き声や戸に爪を立てる音が止《や》んでいることに気づき、フランはあれ？ と首を傾《かし》げる。

裸に巻きつけたマントの合わせ目を内側から掴み、裸足《はだし》で戸口まで行き、そろりと戸を開けて様子を窺うと、すぐそばの地面にウルヴァーが虫の息で倒れていた。

「ウ、ウルヴァー！」

瞬間的にばあやが倒れた場面が思い出され、フランは胸が潰れるような思いでウルヴァーを抱き上げて中に戻り、藁の寝床に寝かせる。

「ど、どうしよう、死ぬほどの激痛って聞いてたけど、まさかほんとに死にそうになっちゃうなんて思ってなかったんだ……！」

すこし痛い思いをさせて反省してほしかっただけで、瀕死《ひんし》にさせるほど苦しめたいわけではなかったので、済まなさと焦りでおろおろしてしまう。

ひくひく痙攣《けいれん》している哀れな姿に泣きそうになりながら、

「ウルヴァー、ごめん、いくら喧嘩っぱやい礼儀知らずでも死んでもいいとまでは思ってないから、死なないで……！」

と小さな体を懸命に摩《さす》る。

「……どうしよう、ぐったりしたままだ。……そうだ、デュー、妖精の粉をかけて助けてあげて！」

振り返って懇願すると、

「悪いが、いま洗濯中で手が離せないし、もうフランのそばにいるから頭痛はおさまっているはずだ。魔女が『死にそうな激痛』という術をかけたなら、『死にそうだけど死にはしない激痛』にしかならん。いまは痛みが長く続いたせいでショック状態なだけで、朝まで眠れば回復するだろう。俺の力を使うまでもない」

と洗った靴下をランプに透かして血の染みが取れているか確かめながら、デューがにべもなく言う。

洗濯なんていいから早く楽にしてあげてくれと頼みたかったが、デューに飛びかかってこんな目に遭《あ》っているウルヴァーに同情する気はないらしく、固く絞った靴下を振りまわして乾かしており、こっちを見てくれない。

仕方なくもう一度ウルヴァーに目を落とすと、ひくひくしながら薄目を開け、意識を取り戻したのがわかり、フランは大きな安堵の吐息を漏らしてぎゅっと胸に掻《か》き抱いた。

「よかった、ウルヴァー。ごめんね、死ぬほど痛い思いをさせて。元はといえば君が悪いけど、僕もちょっと長く懲《こ》らしめすぎたから、謝るよ」

お人好し過ぎるかもしれないが、中身が自分をボロクソに罵倒《ばとう》した毒舌男でも、自分が頭痛を止めてやらなかったせいでウルヴァーが悶死《もんし》したり発狂したりしたらたまらないし、仔狼の姿で苦しまれると、いたいけさが勝《まさ》って自業自得だと突き放すことができなくなる。

城にいたときは同じ寝台でも伸ばした指の先が届くあたりに離れて寝てもらっていたが、いまは瀕死《ひんし》の苦しみを与えたお詫《わ》びに胸に抱いて横たわり、痛かったであろう頭を優しく撫でる。

「クゥン」と初めて聞くような弱々しい声を出され、不憫さに胸が詰まる。

朝にはもっと元気になっていますように、と願いながらウルヴァーの頭や背を撫でているうち、フランもいつのまにか眠りに落ちていた。

＊＊＊＊＊

翌朝、納屋《なや》の壁板の隙間から射しこむ幾筋《いくすじ》もの細い光と、頬を柔らかなものでくすぐられる感触でフランは目を覚ました。

ぼんやり目を開けると、寝息に合わせて小さく頬をかすめるように上下する黒い耳の先が目に入り、寝間着と毛布を兼ねたマントがこんもりと膨《ふく》らんで合わせ目から黒い尻尾《しっぽ》が覗いており、裸の胸に体温の高い小さな体にしがみつかれている感触もあった。

昨夜《ゆうべ》あのままウルヴァーを抱いて寝ちゃったんだな、とあくびしながら思った直後、ふと違和感を覚える。

仔狼《こおおかみ》ならもっと小さくて毛むくじゃらなはずだし、手も肉球や鋭い爪《つめ》があったりするのでは。

でもいまマントの下で自分にくっついている身体は仔狼より大きくてつるつるの肌だし、五本ずつ指のついた小さな人間の手ですがりつかれている気がする。

困惑しながらマントの端を摑んでおそるおそるめくってみると、フランの胸に寄りそうように丸まって眠っていたのはウルヴァーではなく、二歳くらいの見知らぬ人間の男の子だった。

「え……、ど、どういうこと……？」

驚きのあまり一発で覚醒し、心臓をバクバクさせながら眠る子供を窺う。

幼い丸い輪郭《りんかく》に目を閉じていても美しい目鼻立ちだとわかる端整な寝顔で、毛先はぱさついた金色で根元が濃い赤毛のうねりの強い髪から黒い三角の耳がふたつ飛び出している。

ウルヴァーと無関係ではないと思うが、元の姿はマントと仮面越しにしか見ていないので髪色を知らず、本当に同一人物なのかわからないし、なぜ子供なのかもわからない。

激しく混乱しながら身を起こすと、小妖精の姿でデューがふわふわと飛んできて、

「起きたか、フラン。シャツも下着も乾いたからすぐ着られるぞ。靴下の血も綺麗に取れたし……ん？　なんだ、ウルヴァーの奴、ちょっと育ったのか」

と眠る男児を見おろして言った。

フランはデューを見上げて右肩を指し、ここに座ってくれるよう仕草で頼み、子供を起こさないように囁き声で言った。

「この子、ほんとにウルヴァーだと思う？　僕もそんな気はするけれど、狼に変えられる前のウルヴァーをちゃんと見てないから断定できないんだ。それに人間に戻るとしたら普通に元の大きさの大人に戻るはずなのに、こんな中途半端に耳や尻尾がついた子供になっちゃうなんて、わけがわからないよ」

「たしかにな。でも昨夜までいた黒い仔狼がいなくて、似た耳と尻尾のついた子供しかいないなら、別人の可能性のほうが低いだろう。まあ、起きたら本人に直接聞いてみればいい。狼のときは『ガウ』とか『ウォン』だけで会話にならなかったが、こんなチビでも人間だから、意志の疎通《そつう》は図《はか》れるだろう」

そうだね、とひそひそ話していると、気配で目を覚ましたのか、男の子が耳をぴくぴくさせて「うーん」とのびをしてからぱちりと目を開けた。

ぼうっとした寝起きの顔でフランを見上げる瞳は仔狼と同じ透き通るような青で、

「あ……おはよう……。ええと、君は、ウルヴァーなの……？」

とまた中身は成人男子ということを忘れ、見たまんま小さな幼児に話しかけるような口調で確かめる。

「え……？」と幼い声で呟いた男の子が藁《わら》に仰向《あおむ》けになったまま両手を顔の上に翳《かざ》し、もみじのような人間の手を見て「うしょ、戻った⁉」と舌足らずに叫んで跳ね起きる。

ぺたぺた自分の顔や身体を触って確かめ、「ちいしゃい……」と呆然と呟いて、苛立たしげに両手で髪をかきむしり、手に触れた獣の耳に息を飲んで「耳もありゅ……」と項垂《うなだ》れる。

動きと表情が大人なのに、姿と声が幼児だという落差が傍《はた》から見るとおかしくて、本人は深刻に落胆しているのについ笑いがこみあげてしまう。

なんとか真顔を作り、

「じゃあ君は、ほんとにウルヴァーでいいんだね？」

と確かめると、相手はしょんぼりしたまま小さく頷いた。

一瞬元に戻れたと浮かれた途端、ぬかよろこびだったとわかって余計にがっかりしている子供の顔を見つめ、幼いながらも整った面差しになんとなく見覚えがあるような気がしてフランは軽く眉を寄せる。

寝癖と元々の癖っ毛のうねりであちこちに跳ねた赤毛は独特の色味で、こんな髪色の男に会えば忘れないような気がするが、さっぱり記憶にない。でも、この子の顔はどこかで見かけたことがあるという気がしてならなかった。

フランは男児に顔を寄せ、まじまじと見つめながら言った。

「ねえウルヴァー、僕たち、前にどこかで会ったことない……？」

至近距離からじっと青い瞳を覗きこみながら問うと、幼児のウルヴァーは頬をうっすら赤らめて唇を引き結び、横に首を振った。

「ほんとに？　おかしいな……。でも、じゃあもしほんとに知り合いじゃないなら、なんで僕が三度の飯より昼寝が好きなこととか知ってたの？」

怪訝《けげん》な顔で問うと、幼いウルヴァーはびくっとして目を逸《そ》らし、「……うわしゃをきいたことがありゅ」とぼそっと言う。

明らかに誤魔化《ごまか》している気がするし、たとえそれが事実だとしても、噂で聞いただけで面識のない相手をあんなに罵倒《ばとう》してきたのはなぜなのか納得いかない。さらに追及しようとしたとき、自前の毛皮がなくなって素っ裸だったウルヴァーがくしゃみをした。

フランはハッとして自分だけ纏《まと》っていたマントをウルヴァーの肩から羽織らせ、サッと立ち上がってデューがそばの樽《たる》の上に畳《たた》んでおいてくれた服を着る。

「もう狼じゃないから裸じゃ困るし、どこかでウルヴァーの服を調達《ちょうたつ》しないといけないね。……そうだ、もう口がきけるんだから、『ウルヴァー』じゃないほんとの名前を教えてよ」

下着を穿《は》いてシャツを被《かぶ》りながら振り返ると、藁に座ったままこちらを見ていたウルヴァーはまたサッと赤くなって目を逸らし、

「……べちゅにウリュヴァーのままでいい」

とぶっきらぼうに言った。

「え……？」

「どうして？　君が誰なのか教えてくれないの？　そんな舌っ足らずなくせにまだ『おまえに名乗る名などない』って喧嘩売る気？」

フランはズボンを穿こうとしていた足を止め、
と呆れて言うと、樽の上で靴下をフランに差し出そうと待っているデューが言った。

「でも、ウルヴァーが人間に戻るには、フランに心から詫《わ》びながら爪先《つまさき》を舐《な》めないといけないんだから、中途半端にでも人間に戻っているということは、昨夜フランに親身に看病されて、こんな態度の悪い自分に優しくしてくれて済まないと心の中で謝ったんじゃないか？　爪先にキスまではしなかったかもしれんが」

思わぬ指摘にフランは膝を打つ。

あくまでも仮説だが、わずかに反省したからすこしだけ元に戻ったという説は辻褄《つじつま》が合うような気もして、

「そうなの？　そんなツンツンしてるけど、心の中では僕に謝ってくれたの？　ウルヴァー」

ともし歩み寄ってくれたのなら嬉しいと思いながら、期待に満ちた目で問うと、ウルヴァーはまたも幼い顔をカッと赤くしてプイと背《そむ》けた。

「……しょんなこと、俺がしゅるわけないだろ。俺は昨夜しょとにほうりだしゃれて殺されしょうになったのに、フリャンに謝るしゅじあいなんてこんりんじゃいないし……！」

舌足らずに全否定した瞬間、ウルヴァーはボワンとふたたび仔狼の姿に戻ってしまった。

「あっ……！」

「……ガ、ガウ？　ウォ、オオーンッ！（え、嘘、なんで、またこれかーッ！）」とでも言っているかのように毛むくじゃらの黒い手足や尻尾を見て地団太踏むウルヴァーに、フランは憫《びん》笑《しょう》する。

「残念だったね。素直に認めてたら、もしかして十歳くらいに育ったかもしれないのに。まあ君は当分狼でいたほうがいいかもね。人に戻るとすぐ毒吐いて可愛くないし」

ガルルと悔しがるウルヴァーを無視して身支度を終えたとき、「おはようございます」と女将《おかみ》が朝食と洗面用の盥《たらい》と水差しを届けに来てくれた。

宿を発《た》つ前、昨夜の金貨のお釣りがわりに、納屋にあるもので好きなものを持っていっていいと言ってくれたので、石鹸《せっけん》と野苺《のいちご》のジャム一瓶《びん》と、一応またウルヴァーが子供に戻った時に備えて女将の子供の服を譲ってもらう。子沢山の女将の末息子は六歳とのことで、二歳児には少し大きかったが、大は小を兼ねるし、と大らかに受け取る。

昼の弁当と革水筒《かわずいとう》に新しい水ももらい、礼を言って宿を後にし、

「いろいろもらえたし、納屋に泊まって正解だったかもしれないね」

「フランは前向きだな。……足元にいる奴は完全に後ろ向きな顔つきだが」

「ガウゥッ！」

などと三人で話しながら歩き始めてすぐ、「おーい」と背後から聞き覚えのない男の声が聞こえてきた。

＊＊＊＊

足を止めて振り返ると、三十代くらいの男が走ってきて、

「やあ、早い出発だったんですね。実は私も昨夜『金のりんご亭』に泊まってたんです。旅は道連れ、途中までご一緒しませんか？」

と肩で息をしながら人好きのする笑顔で話しかけてきた。

断る理由もなかったので頷き、並んで歩きだす。

「私はグリエルモという床屋でして、移動床屋を生業《なりわい》にしています。床屋のない村まで出向い

て行って畑の隅なんかで青空床屋をして小銭を稼《かせ》いでいるんですよ。今日は隣村に行こうかなと思ってまして」

腰に床屋道具を提《さ》げた革ベルトを巻いており、そんな職業もあるのか、とフランは感心して、

「移動床屋というお仕事は初めて知りましたが、髪を切りに行きたくてもなかなか町まで行けない方にとっては本当にありがたいでしょうね。髪はすぐ伸びるし、仕方なく素人《しろうと》同士で切り合ったりしてるかもしれないけれど、ガタガタになったりしそうだし、本職の方にやってもらえたら見映《みば》えも気分もよくなるし、皆さんに喜ばれる素敵なお仕事ですね」

と本心から言うと、相手は一瞬言葉に詰まり、「いや、そんなご大層《たいそう》なもんじゃないんですけどね」と口ごもってから、また笑顔に戻る。

「昨夜女将と話しているのを小耳に挟んで思ったんですが、お供も連れてないけれど、実はやんごとない家柄の御方なんじゃないですか？」

「え……」

ちなみに生まれやお名前は？　と笑顔で訊ねられ、フランは内心困りながら、

「……ええと、実家はダートキーアにありますが、まったくやんごとなくない一般庶民ですし、名前は、フ……フェリウスと申します」

と咄嗟《とっさ》に憧れの殿下の名前を騙《かた》る。

足元のウルヴァーがバッと不審な顔で見上げてきたので、（違うだろ、おまえの名前はフラ

ンだろうが）などと吠えたててこないように急いで抱き上げる。ぐりぐり口元を塞《ふさ》ぐように撫でて余計な異議を挟まないように仕草で伝えていたとき、いきなりグリエルモがウルヴァーの首根っこを摑んでフランの腕から取り上げた。

えっ、と驚く間に後ろに数歩下がりながら腰の革ベルトから髪切り鋏《ばさみ》を摑み取り、宙にぶらさげたウルヴァーの喉首《のどくび》に突き立てる。

「悪いな、坊ちゃん。カードの負けが込んじまって、金が要《い》るんだ。安宿にポンと金貨を出して釣りはいらねえと言えるお坊ちゃんは懐《ふところ》にたんまり隠し持ってるだろうし、こいつは大事な狼なんだろう？　特等室に泊まれる額で納屋に泊まるくらいだしな。こいつを切り刻まれたくなければ、有り金全部出してもらおうか」

「……っ」

つい今しがた愛想よく声をかけてきた男と同じ人間とは思えない荒《すさ》んだ形相《ぎょうそう》にフランは息を飲む。

見るからに悪党面《づら》で近づいてこられたらもっと警戒したと思うが、人懐っこい明るい風情《ふぜい》で心を開かせてから強盗に早変わりする手口に、丹精込めて描いた絵に汚い絵の具をぶちまけられたような悲しみがこみ上げてくる。

フランから無理矢理引き離されて頭痛に悶《もだ》えだすウルヴァーに、グリエルモが「暴れるな！」と鋏の持ち手で額を容赦《ようしゃ》なく打ち、フランに目を戻して「脅《おど》しじゃないぞ。早くよこせ！」と声を荒らげてウルヴァーの首元でジャキッと鋏を鳴らす。

パラパラと黒い毛が風に舞い、フランはウルヴァーの近くに歩を詰めながら震える声で言った。

「……お金が入り用なら差し上げます。ただあなたが期待するほど『たんまり』は持っていないので、ほかにも金目のものをお渡ししますから、どうかそれ以上ウルヴァーを傷つけないでください」

金貨一枚ではウルヴァーが殺されてしまうかもしれず、短剣や手土産の指輪もこの際手放すしかないと鞄に手を入れたとき、姿を消して肩に留まっていたデューが騎士の姿を現し、フランを背に隠すようにグリエルモに対峙《たいじ》した。

突然現れた青い鎧《よろい》の美麗な騎士にグリエルモがぎょっと目を剝《む》き、

「なんだおまえ、どっから現れた……！」

とわめくと、デューは平然と肩を竦《すく》めた。

「最初からいたし、俺はそいつがはげちょろけに切られようと狼鍋にされようと屁でもないんだが、俺の主人は気にするし、こんなくだらないことで足止めされたくないからさっさとケリをつけるぞ」

そう言うなり、デューは鋏を握るグリエルモの右手首に手刀《しゅとう》を振りおろし、叩き落とした鋏を遠くへ蹴《け》り飛ばす。

手首が折れたような嫌な音と、グリエルモの絶叫がほぼ同時に上がり、掴んでいたウルヴァーが抛《ほう》りだされ、地面に落ちたウルヴァーがダッと駆け戻ってきてフランの足の後ろに隠れる。

デューはグリエルモの背後に回って両腕を後ろ手にねじりあげて革ベルトで縛り上げ、さらにズボンを脱がして両足を縛って路傍《ろぼう》に転がす。

言葉通りものの数秒でケリをつけ、パンパンと両手をはたきながらデューが素っ気なく言った。

「狙った相手が悪かったな。次にここを通りかかった奴にでも助けを乞え。……初犯《しょはん》か常習犯か知らないが、鋏は手入れしてあったし、きっとまともに人に喜ばれる腕があるのにもったいないな。ま、どこまで落ちぶれようと、おまえの人生だ。どんな生き方を選ぼうと通りすがりの妖精が口を出すことでもない」

下半身が下着だけの情けない姿のグリエルモを一瞥《いちべつ》し、デューがフランの背を押して先へと促す。

十数歩進んでから、フランは「やっぱりちょっと戻らせて」とデューに言い、くるりと踵《きびす》を返す。

道端でじたばた蠢《うごめ》きながら呻《うめ》いていたグリエルモのそばまで戻ると、

「坊ちゃん、助けに戻ってくれたのか？　ありがたい。本当に悪かった。頼むから、これを解《ほど》いてくれ……！」

　と痛みと情けなさでぐしゃぐしゃの顔で頼まれたが、フランは首を振る。

「……すみません、いまは解いてあげられません。僕は通りすがりのぼんくら者ですが、すこしだけ口出しさせてください。僕はあなたがさっき隣町まで同行しようと言ってくれて、きっと移動床屋というお仕事のことや、いろいろ僕の知らない話を聞かせてもらえて楽しいひときを過ごせるだろうなって嬉しかったんです。単に僕が世間知らずだっただけですが、あなたには演技じゃなく本当にそうすることだってできたと思うんです。デューは悪い生き方を選ぶのも自由だと言いましたが、そうじゃない生き方を選ぶ自由もあるし、僕はあなたにいい生き方を選んでほしいのです」

　フランはそこで言葉を切り、さっき渡そうとしたグラナート金貨をもう一度取り出してグリエルモのそばに置く。

「これがいまの全財産なので、お渡ししたら今夜は野宿で夕飯にもありつけませんが、強盗をするほど追いつめられているあなたに差し上げます。あっさり賭け事に使われてしまうかもしれませんが、あなたが悪事を働いたと知ったら悲しんだり、賭け事をやめたと知ったら喜ぶ方が僕のほかにもおいでになるのでは。その方たちのためにも僕はあなたにチャンスをあげたいのです。きっと立ち直ってくださると信じています」

　そう言うと、そばについていきていたウルヴァーを抱き上げて走ってグリエルモから遠ざかる。

だいぶ離れるまで足を止めず、息が切れてようやく歩みを緩《ゆる》めながら、フランは目尻に滲《にじ》んだ涙を拭う。

「……人に騙《だま》されるって、こんなに嫌な気持ちになるんだね……。人を騙して裏切る相手が悪いのに、見抜けなかった自分のほうが未熟者で愚《おろ》かだった気になるなんて、すごくもやもやするよ……。父上も僕はあっという間に追いはぎに遭うだろうって言っていたけれど、まんまとこんな目に遭っちゃって、もう人を見たら泥棒と思ったほうがいいのかな……」

やるせなくていじけた声で呟くと、デューがぽんとフランの頭に手を乗せる。

「まあ、俺ならあいつに金など恵んでやらないが、あんな奴にも良心があると信じるのがフランのいいところだろ。フランの気持ちが通じて本当に改心する可能性だってある。世の中いい人ばかりじゃないが、みんながみんな悪人というわけじゃない。会う人すべてを警戒して心を閉ざしていたら、昨日の農夫のようないい人にも出会えなくなっちまうぞ」

そう励《はげ》まされ、「……そうだよね」となんの見返りも期待せず善意で荷馬車に乗せてくれたおじいさんの穏やかな顔を思い返して心を慰める。

「朝からすっごく嫌な方法でいろんな人がいるっていう勉強をしたと思うしかないか。……でも、ごめんね、ふたりとも。僕の一存で今日の分の金貨をあげちゃったから、巻き添えで今晩は一緒に野宿してもらうことになっちゃって」

恐縮して詫びると、

「気にするな。俺は妖精だからどこでも大丈夫だし、ウルヴァーも獣だから問題ない」

とデューが勝手にウルヴァーの分まで返事をし、（おまえが言うな）と言いたげにウルヴァーがデューを睨んでから、ぽふぽふっと尻尾でフランの腕を軽く叩いてきた。

（俺も気にしねえよ）と言っているかのようで、フランは淡く微笑する。

いつもだったら（まったくこれだから世間知らずのぼんくら王子はダメなんだ。甘ちゃん王子の自己満足のとばっちりで野宿なんて大迷惑なんだよ）とでも言いたげな目つきと吠え声でぶうぶう言われる気がするが、いまのウルヴァーはデューが頭をぽんぽんと撫でてくれたように、尻尾で（元気出せ）と慰めてくれたような気がして、また気持ちがすこし上向きになる。

お返しに頭を撫でてあげようと、両腕で胸に抱いていたウルヴァーを片腕で抱き直して右手を外したとき、ふと自分の指先にうっすら血がついているのに気づき、「え」と驚いて顔のそばに手を寄せる。

いつのまにかなにかで切ったのかと思ったが、血の出どころらしき傷が見当たらず、あれ？と首を傾げ、ハッとウルヴァーに目を戻す。

「ウルヴァー、もしかして怪我してる？　まさか、あのとき毛だけじゃなく、鋏で皮も切られちゃってたの……!?」

焦《あせ》って片腕で抱いたまま喉《のど》や首の毛をめくるように傷を探す。

案の定首の黒い毛に生温い出血が滲んでいる箇所《かしょ》があり、

「……あぁ、やっぱり傷がある。ごめん、すぐ気づいてあげられなくて。痛かったよね。おでこも強く叩かれていたし」

とフランは自分がやられたかのような表情で唇を噛む。

グリエルモが自分に直接刃を向けず、ウルヴァーを強請《ゆすり》の種に使ったのは、昨夜自分が女将に「母代わりに育てている」などとさも可愛がっているような作り話をしたせいで狙いどころにされてしまったと思われ、ウルヴァーの傷は自分のせいでもあるように思えて気が咎《とが》めた。

フランは脇にいるデューを見上げ、

「デュー、お願いだから、今回は出し惜しみせず妖精の力で治してあげてくれない？　この傷についてはウルヴァーは完全な被害者だし」

と懇願《こんがん》すると、デューはやや面倒そうに「ちょっと切れてるだけで、舐めときゃ治るレベルだけどな」と言いながらも、ウルヴァーの傷の上に手を翳し、まばゆい光の欠片《かけら》をかけて治してくれた。

「ありがとう、デュー。さっきもいまも君のおかげで本当に助かったよ。旅が終ったら、母上からたっぷりご褒美《ほうび》をもらってね」

深く頭を下げてから、ウルヴァーを下に下ろしてまた街道を歩きだす。

昼近くまで歩いた頃、道端に秋桜《コスモス》が美しく咲いている場所があり、

「デュー、見て、綺麗だから精気を吸わせてもらいなよ。僕たちもついでにお弁当休憩にする

から」

と促し、道沿いの並木の木陰に腰を下ろす。

小妖精に変身して群生している花のどれが美味《おい》しそうか選んでいるデューを見ながら、宿屋で用意してもらったパンに魚のフライを挟んだものをウルヴァーと分け合って食べる。

「今夜の夕飯は城から持ってきた干し肉とさっきもらった野苺のジャムを舐めてしのぐしかないけれど、明日はおなかいっぱい食べさせてあげるから、今夜は足りなくても我慢してくれる？」

さっき慰めるように尻尾でぽふぽふしてくれたし、すこし歩み寄ってきてくれたような気がするのに、大食漢《たいしょくかん》の仔狼にひもじい夜を過ごさせることを先に詫《わ》びると、ウルヴァーは賢そうな目をして（大丈夫だ）というように頷いた。

パンを食べ終わり、水を飲んでウルヴァーにも手に汲《く》んで飲ませていると、デューがどの花も枯らさないようにすこしずつ精気をもらって戻ってきた。

「ああ、美味《びみ》だった。すこし食休みを取ったら出発するか」

フランの右肩に留まって腹を撫でるデューに頷くと、「そういえば」とふと思い出したようにデューが言った。

「さっきフランが名乗った偽名は創作か？　よくパッと物語を作るのが得意のようだし」

そう水を向けられ、フランは照れ笑いを浮かべて首を振る。

「ううん、あれはほんとに実在する方のお名前なんだよ。うっかり本名を名乗りかけて、王子だとバレるかもと思って、つい『フ』まで言っちゃったから、咄嗟《とっさ》に憧れの方のお名前をお借りしたんだ。二番目の姉上の元婚約者の方なんだけれど、本当にものすごく美しくて優しくて、僕がいままで会った中で一番素敵な方なんだよ」

熱を込めて絶賛すると、ウルヴァーが「きょとん」という表現がぴったりの瞳で口を開けてこちらを見上げており、なんでそんな顔をしてるんだろうとフランは目を瞬《しばたた》く。

「なんだと。騎士姿の俺を見たあとでもそいつが一番素敵だというのか」

美貌の妖精としてのプライドをいたく刺激されたらしく、目を眇《すが》めて詰め寄られ、フランは苦笑する。

「いや、どっちも素敵だし、タイプが全然違うからどっちが上とかは言えないけれど、フェリウス殿下は外見だけじゃなく、中身も素晴らしい方なんだよ。いつも穏やかでなにがあっても怒ったりしないんだ。食事の作法もうっとりするほど綺麗で、給仕をしていた召使が殿下に見《み》惚《と》れて足に熱いスープをこぼしちゃったときも、召使の足にもかかったことのほうを気にかけていたくらいだし、殿下に趣味はなにかと聞かれて、つい『昼寝』って正直に答えちゃったら、全然呆れたりせず『フラン王子はほかにしたいことがないからではなく、それが楽しくて好きだからあえて昼寝するという感じが斬新でいいですね』ってにこやかに言ってくれたんだよ！　ウルヴァーなんか初めて会ったときクソミソに僕の昼寝好きを罵倒《ばとう》したけど、殿下は人間の器《うつわ》が大きいんだ。きっとあの方は人を嫌ったり、悪く言ったりしたことなんてないんじゃないかな。険悪な表情で毒を吐く姿なんて絶対想像つかないし」

確信を持って断言すると、突然ウルヴァーがゴホッと噎《む》せた。

「どうしたの？　虫でも口に飛び込んできちゃった？」

昨夜わざとげっぷをしたときとは違い、本当に噎せこんでいる様子に心配して問うと、ウルヴァーはぎこちなく首を振る。

背中を撫でて息を整える手伝いをしていると、

「でも年に一回食事の席を共にするくらいじゃ本性なんてわからないだろう。そいつが来たとき、面倒くさくて誕生会に出なかったから一度も本物を見ていないが、スープの件もフランの昼寝のことも、どうも好感度を上げようという偽善者臭を感じるし、お招きの間だけ根性で猫を被ってたのかもしれないぞ」

とデューが会ったこともない殿下をこきおろし、なぜかウルヴァーがガルルッとデューに向かって威嚇《いかく》する。

余計な喧嘩をしないようにウルヴァーを抱き上げ、左肩に顔を当てさせて手で押さえ、デューと正対しない向きにして、

「僕の憧れの方のことを悪く言わないでよ。たぶん殿下は正真正銘素敵な人格者だったと思うし、たとえ猫を被っていたとしても、あれだけ完璧な猫ならあっぱれとしか言いようがないよ。

まあ、どっちにしろもう会えないから、デューが一番ってことでいいし。……ほんとは殿下に是非義兄上《あにうえ》になってもらって、もっと親しくなりたかったし、記憶だけで描いてた殿下の絵も、モデルになってもらってちゃんと完成させたかったから残念なんだけどさ」

と淋しく思いながら言うと、ウルヴァーが肩口から顔を上げて、フランの瞳を物言いたげにじっと見上げてきた。

「ん？　どうしたの？　もっと水が飲みたい？　それとも降りたいのかな」

ウルヴァーが言いそうなことを想像して問うと、ウルヴァーはふるふると首を振り、すこしためらうような様子をしてから、すりっと肩に顔を埋めるように身を預けてきた。

尻尾も腕に巻きつけるように絡められ、どういう心境の変化かわからないが、初めて素直に甘えてくるような可愛げのある態度にキュンとしたとき、急にずしっと抱いていた身体が大きく重くなった。

「わっ！」

なぜかウルヴァーがまた耳付きの男の子に変身しており、今度は五歳児くらいに育っていた。

「ウルヴァー、また大きくなってるよ！　どうしたの、また心の中で僕に謝ってくれたの？」

裸で跨《また》がるように胸に抱きついている五歳児のウルヴァーに目を丸くして問うと、ウルヴァーは薄赤くなった顔でやや身を離し、

「……謝ってはいないが、いろいろ複雑な気持ちになった」

とさっきより滑舌《かつぜつ》よく、けれどまだ幼い声で大人びた物言いをする。

複雑ってどんな、と聞こうとすると、

「フラン、この格好で話を続けるのはいささかいたたまれないので、先に服をもらえないだろうか」

とまた顔と声にそぐわない口調で言われ、「あ、うん」と急いで鞄から今朝譲ってもらった子供用の古着を取りだして渡す。

ウルヴァーはフランの膝から立ちあがり、シャツを被り、ズボンを穿《は》こうとして尻尾がひっかかり、困った顔で背後を振り返ってからフランに目を戻し、

「フラン、済まないが、尻尾が通るようにズボンに切れ目を入れてもらえないだろうか」

と丁重に頼んでくる。

中身は黒マントの男のようだが、あの夜や今朝の二歳児とは比べ物にならない態度の良さに内心驚きつつ、「うん、わかった」と頷く。

もしこれがウルヴァーの普段の口調なのだとしたら、舞踏会の夜の『ばばあとぼんくらは糞《くそ》して寝てろ』くらいの荒れた口調はなんだったんだろう、と首をひねりながら、鋏の代わりに護身用の短剣を取りだす。大体このへんかな、と見当をつけて着たまま外から剣を刺そうとすると、「待て、そこじゃ位置がおかしいし、危ない。俺がやるから貸してみろ」と身に流れる家事妖精の血が騒いだらしく、デューが剣を取り上げて、一旦ズボンを引きあげてきちんと尻

尾の位置を確かめてから、もう一度下ろして内側から縫《ぬ》い目に添って切れ目を入れる。

ウルヴァーはおさまりよく尻尾が出るようになったズボンを穿き、

「ありがとう、シルヴァリーデュー」

と意外にもデューにもきちんと礼を述《の》べた。

仔狼のときはなにかと喧嘩を売って吠えついていたので、デューも「おや」という顔をしつつも「どういたしまして」と目元に微笑を浮かべる。

それまでとはあまりに違うジェントルぶりにフランは目を瞠《みは》り、

「……ウルヴァー、五歳になったらすごくいい子になったね……！」

と思わず頭をかいぐりしてしまう。

小さなウルヴァーは大人びた表情でフランを見上げ、

「いや、本当の歳は五歳ではないし、舞踏会の夜からずっと好ましからぬ態度を取ってしまったが、実は少々誤解があったようで……」

と話しだしたとき、道の向こうから二頭立ての立派な馬車がこちらに走ってくる音が聞こえてきた。

遠くからでもガラガラと大きく響く車輪の音にウルヴァーが口を噤《つぐ》み、通りすぎるまで話を中断して三人で待っていると、フランたちの横を通るときにやや速度を落とした馬車がすこし先で止まった。

馬車の窓から何重にもレースのついた帽子を顎《あご》の下でリボンで結んだ少女が身を乗り出して振り返り、フランと目が合うと「やっぱりフラン王子様……！」とはしゃいだ声を上げた。

フランに覚えはなかったが、相手はこちらを見知っているようで、一応軽く会釈《えしゃく》すると、御者《ぎょしゃ》が下りてきて馬車の扉を開けて階段を下ろし、中から少女とその姉らしき若い女性が下りてくる。

どうやら貴族の姉妹らしく、揃って片膝を曲げてスカートを広げてお辞儀《じぎ》をし、

「ご機嫌よう、王子様。十日前の舞踏会は本当に盛大で、お招きいただけて嬉しゅうございました。ただ、あと一人で娘と踊っていただける番だというときに会がお開きになってしまい、母子《おやこ》ともども大変残念に思っておりましたの。それがまさかこんなところでお目にかかれるなんて」

と年上の女性がにこやかに言い、まだ若いが姉妹ではなく母子だったのか、とフランは内心驚く。

舞踏会の招待客だったと聞き、もう今更「よく王子に似ていると言われる庶民です」と誤魔《ごま》化《か》すのはやめる。確かどこかの公爵家の令嬢に十一歳の少女がいたことはなんとなく覚えがあり、たぶんこの子だったのかも、と当たりをつけ、

「あの日は大変失礼いたしました。せっかく長い間お待ちくださったのに、どうかお許しを」

一応覚えているようなそぶりで詫びると、栗色の髪を縦《たて》ロールにした少女はおしゃまな口ぶ

りで言った。

「本当に悲しくてあれからずっとしょげていたら、お母様が気晴らしに『かぼちゃ祭り』に連れていってくださって、たくさんかぼちゃのお料理をいただいたり、かぼちゃ転がし大会を見たりしてちょっと機嫌が直ったのですけれど、その帰りに王子様にお目にかかれるなんて、やっぱりわたし運がいい！　ねえ王子様、次の舞踏会では是非わたしと一番に踊るってお約束してくださいましね！　そうしてくださったらわたしの番ですっぽかしたことは許して差し上げます」

「う、うん」

子供の遠慮のなさでぐいぐい押されて思わず約束させられながら、次の舞踏会と聞いただけで内心ぐったりしていると、若い母親が「まあプリムヴェール、王子様に向かってなんて口を……！」と慌てて窘《たしな》め、恐縮そうにフランに頭を下げてくる。

「ご無礼をお許しください。二年前に夫のヘブリディーズ公が亡くなってから、わたくしひとりで育てているものですから、至らぬことばかりで」

名乗ってくれたおかげで、ヘブリディーズ公爵領を継いだ未亡人とその令嬢だとわかり、「失礼ですが、どちら様でしたっけ」と聞かずに済んだと内心ホッとしつつ、

「無礼なんてすこしも思っておりませんし、プリムヴェール嬢はほがらかでお元気で、素晴らしいお嬢様にお育ちだと思いますよ」

と若い母親を労《ねぎら》う。

未亡人は感激したように片手で胸を押さえ、「ありがとう存じます」とたおやかに礼を言い、

「ところで、王子様はこちらで一体なにを……？」

とフランと肩にいるデューと隣の耳付きのウルヴァーの取り合わせに不思議そうな顔で問う。

「実は、乳母のためにディテレーニに薬をもらいに行く途中なのです」

正直に答えると、未亡人は驚いたように目を瞠り、

「王家の馬車も見当たりませんし、そのお姿は……まさか歩いて魔女の里まで行かれるおつもりで？　あの、差し出がましいのは重々承知なのですが、もしよろしければ是非わたくしたちの馬車にお乗りくださいませ。方角が同じですから、今夜お泊まりのご予定の宿までお送りいたしますわ」

と申し出てくれた。

プリムヴェールも「お母様、名案だわ！　王子様、是非ご一緒に！」と喜んでねだってくる。

今朝はグリエルモに道連れを装《よそお》って強盗に豹変《ひょうへん》されたが、この母子は舞踏会にも招待された由緒《ゆいしょ》正しい貴族で、物腰に怪しいところもない。善意で申し出てくれているのは明らかで、これを断って五歳児に変身したウルヴァーを裸足《はだし》で歩かせるのも不憫《ふびん》だし、自分の体力的にも願ってもない提案だった。

「ご親切に感謝いたします。同乗させていただけたら大変ありがたいですが、今夜の宿は諸事

情で野宿するつもりなので、よろしければヘブリディーズ邸のお近くで下ろしていただければ」

路銀《ろぎん》の持ち合わせがないということをふんわり誤魔化しながら告げると、母子は「えっ、野宿⁉」と仰天《ぎょうてん》したように声を揃えた。

「そんなまさか、ダートシーの王子様が野宿なんてありえませんわ。危のうございますし、お風邪を召されるやも……、お願いにございます、今宵は是非我が家におでましください。王国の臣民として王子様に野宿などさせられませんし、是非おもてなしする栄誉をお与えください」

「王子様っ、ぜひうちにお泊まりになって！　次の舞踏会まで待たなくても、晩餐《ばんさん》のあとにわたしと踊ってくださるでしょう⁉」

ふたりがかりで是非にと望まれ、貴族も王国の民だし、公爵邸に泊めてもらうのも民の暮らしを知る一環になるはず、と母に後でなにか言われたときの言い訳を考えてから、

「……では、ありがたくお招きをお受けいたします」

とフランは微笑する。

今朝自分の独断でグリエルモに金貨を渡したせいで、ウルヴァーとデューに野宿と粗食《そしょくし》を強いることに負い目を感じていたので、厚意で馬車の送迎だけでなく今夜の宿と食事も提供してもらえると聞いたら、遠慮するという選択肢は思い浮かばなかった。

＊＊＊

馬車の中ではプリムヴェールがきゃっきゃとはしゃいでおしゃべりしどおしで、フランについて事細かに知りたがり、デューやウルヴァーのことも興味津々であれこれ質問責めにしてきた。

ウルヴァーとは魔法で離れられないという話をすると、「わあ、いいな！　わたしも王子様といつもご一緒にいられる魔法にかかりたい！」と無邪気に言い、「君がもうちょっと大人になったらね」と社交辞令を返すと、プリムヴェールは「きっとよ、早く大きくなるから！」とかぼちゃ祭りのおみやげのかぼちゃクッキーを振る舞ってくれた。

夜に差しかかった頃、ヘブリディーズ公爵邸に着き、フランたちはまず客室に案内された。晩餐《ばんさん》の前に湯浴《ゆあ》みの用意をしてくれ、陶製《とうせい》の浴槽《よくそう》に庭に咲く色とりどりの花をたくさん浮かべた花園のような湯で旅の垢《あか》を落とす。

大人と子供が楽に入れる大きさの浴槽に頭痛対策のためにウルヴァーと一緒に浸《つ》かり、中身は大人だとつい失念して「目を瞑《つむ》って。お湯かけるよー」と頭を洗ってやろうとすると、「……フラン、自分でできる」と背を向けられてしまった。

あ、そう、と小さな体でしゃかしゃか髪を洗っている背中を見ながら、

「そうだ、ウルヴァー、さっき話そうとしていたことを聞かせてよ。君はどこの誰で、どうして舞踏会の夜にあそこにいたの？」

とずっと聞きたいのに中断されていた続きを訊ねる。

デューも浴槽の縁《へり》に座って、

「『誤解があった』とかなんとか言っていたし、本当のウルヴァーはやさぐれた乱暴者じゃなさそうだから、早いとこ打ち明けて元の姿に戻れよ」

と促《うなが》し、濡れて濃くなった赤毛から雫《しずく》を垂らしてウルヴァーが頷いたとき、コンコンと浴室の扉がノックされた。

伯爵夫人の声がドア越しに聞こえ、

「王子様、お湯加減はいかがですか？　着替えをお持ちいたしましたので、湯上がりにお召しになってくださいさい。亡くなった主人が最後に誂《あつら》えたもので、すこし大きいかもしれませんが新品ですし、ウルヴァー様のお召し物も主人の子供時代のものをご用意いたしました。こちらに置いておきますね。もう晩餐の支度は済んでおりますから、いつでもお越しくださいませ」

と言って隣室を出ていく気配がした。

夕食の用意ができていると聞いた途端、フランとウルヴァーの腹の虫が合奏《がっそう》し、

「きっとプリムヴェールもおなかをすかせて待っているだろうし、ひとまず先に食事に行って、部屋に戻ってきてから落ち着いて事情を聞かせてもらってもいいかな」

と言うと、「わかった」とウルヴァーも同意し、風呂を出て身支度を整える。

昨日の納屋とは雲泥《うんでい》の差の豪華な食堂で心づくしの晩餐に舌鼓《したつづみ》を打ちながら、プリムヴェールのおしゃまな物言いを楽しむ。

勧められるままワインを飲んでいるうち、旅の疲れのせいか強い眠気に見舞われて抗《あらが》えなくなった。

＊＊＊

「……ん……」

泥のような眠気の中、ぼんやり目を覚ますと、深紅《しんく》の布で覆われた天蓋《てんがい》つきの寝台の中にいた。

「……あれ……ここは……？」

食堂にいたはずなのに、いつこの場所に来たのか記憶がまったくなく、フランは困惑する。

ほの暗い灯《あか》りしかないのでよく見えないが、さっき案内された客室の寝室ではなさそうだった。ウルヴァーもデューもそばにおらず、重い身体を叱咤《しった》して身を起こそうとしたとき、両腕を頭上で縛られていることに気づく。

よく枕の下に両腕を入れた姿勢で昼寝するので、今回もそうやって寝ていたのかと思ったら、絹の紐《ひも》で拘束《こうそく》されており、

「なっ……、なにこれ……！」

と焦《あせ》って両腕を揺すると、はらりとはだけた上掛けの下はなにも着ておらず、フランはぎょっと目を剝《む》く。

天蓋の支柱には男女の交わりを描いた秘画が飾られ、嗅《か》いだことのない怪しく淫靡《いんび》な香りが漂っており、話に聞く娼館のようだった。

どういうことなのかまるで事態が摑めなかった。

もしかしたら公爵邸に悪党が闖入《ちんにゅう》して、眠らされてかどわかされて娼館に売られてしまったんだろうか、と青ざめていると、

「お目覚めになりましたか？　王子様」

と聞き覚えのあるたおやかな声が聞こえ、ハッと振り返ると寝台の脇に公爵夫人が立っていた。

が、さきほどと印象がまるで違い、きちんと結いあげていた髪を下ろし、透ける薄布から張りのある乳房や下生《したば》えを隠さずに見せつけ、あろうことか背中に蝙蝠《こうもり》の羽根が生えている。

「実はわたくしの母はサキュバスで、半分その血が流れておりますの。王子様に極上の夜をお

過ごしいただけるとお約束しますわ。そのかわり、是非とも娘をお妃に選んでいただけませんか？　さきほどもとても気が合っているようでしたし、まだ十一の子供ですけれど、娘にもわたくしの血が流れておりますから、きっと年頃になればご満足いただけるはずです。それまではわたくしが存分にお相手いたしますから、まずはご賞味を」

艶然《えんぜん》と笑みながらするりと薄衣《うすぎぬ》を脱ぎ、寝台に縛られたフランの上掛けを剝いで全裸で跨《また》ってくる。

フランはヒッと身を固くし、

「い、いけません、公爵夫人。我が子を嫁《とつ》がせるために母親がこんなこと……、プリムヴェールが知ったらどう思うかお考えになってください……！　それに僕はこういうことは伴侶になる相手としかしてはいけないものだと思っているし、魔女の里には清らかでないと入れないので、どうかおやめを……！」

と必死に抗う。

まさかこんな目的で邸《やしき》に招いて歓待《かんたい》してくれたなんて思いもよらず、またやられた、と泣きたくなったが、反省するのは後にしてこの危機をなんとか回避しなければ、と気を奮《ふる》い立たせ、

「デューとウルヴァーはいまどこに……？　ウルヴァーは僕と離れると頭痛で大変なことになるんです。いまやめてくだされば目を瞑《つむ》りますから、早くこれを解いてください。すぐにあの子のもとに行ってやらないと……！」

と手首を縛る紐を揺すって訴えると、未亡人は駄々っこをなだめるような笑みを浮かべる。

「ご心配には及びません。ふたりとも眠り薬でよく眠っていますから、朝まで邪魔も入らずお楽しみいただけますわ。王子様はお若い青年にしては淡泊で身持ちが固くていらっしゃるようですわね。夫も結婚前は堅物《かたぶつ》でしたが、一度わたくしの味を知ったらすっかり虜《とりこ》になり、精力を使い果たして早死にしてしまったくらいですのよ。夫亡きあと、わたくしの生きがいは娘だけで、娘の夢は王子様との結婚なんです。なんとしても叶えてあげたいのが母親というものでしょう？」

「いや、叶え方が絶対間違っていますし、こんなやり方で僕が『うん』と言うとお思いですか⁉」

必死に身をよじって訴えると、未亡人は不興《ふきょう》げに目を眇《すが》める。

「……いままでわたくしに迫られて拒んだ者などおりませんのに、その純情さと鉄壁の理性を誉めて差し上げますわ。これほど極上の血筋と可愛らしいお人柄と穢《けが》れない身体の持ち主に全力で抗われたら、サキュバスの名にかけて、なにがなんでも堕《お》としてみせようという気になるというもの。サキュバスの唾液《だえき》には強い催淫《さいいん》効果がありますのよ。これで抗えるものなら抗ってごらんあそばせ」

相手は尖端が二股になった舌で舌舐めずりすると、有無《うむ》を言わさず唇を塞《ふさ》いでくる。

「……ンッ、ンンーッ！」

華奢《きゃしゃ》な身体のどこにそんな力があるのかというほど強い力で顎《あご》を摑まれ、ねっとりと口中《こうちゅう》をねぶられる。

裂け目のある舌は二枚あるかのようにフランの舌を左右から絡め取り、口を閉じることも許されずに唾液《だえき》を注ぎこまれる。

吐き出したくても唇を封じられたまま顔を背けることも叶わず、苦しくてコクッと飲みこんだ途端、クラリとめまいがして、驚くほどすぐに身体の奥が熱くなってくる。

心はまったく望んでいないのに脚の間が狂おしく疼きだし、そこに血が集まって反り返っていくのがわかり、どうしよう、と混乱して泣きそうになったとき、廊下のほうからバタンと扉が開く音がした。

「フランッ、どこだーッ！　早く返事しろっ！　早くおまえのそばに行かないと、謝る前に頭痛で死んじまうだろうがッ！」

怒り狂ってわめきながら隣室を駆ける足音がして、フランは必死に頭を振って唇の自由を取り戻し、

「ウルヴァー、助けて！　縛られて動けないんだ！」

と声も限りに叫ぶ。

「おだまり！」とすぐに手で口を塞がれたが、ダダダッとウルヴァーの足音がこちらに近づいてくるのがわかった。

つい数瞬前まで、このまま純潔を穢されて、魔女の里に入れず薬ももらえず、無理矢理でも肉体関係を持った相手と結婚しなければいけなくなるかも、と引き攣《つ》っていたところにウルヴァーが来てくれ、きっと姿は幼児でも中身は大人だから、ふたりがかりならなんとかサキュバスから逃げられるはず、と希望が湧く。

懸命に身をよじって口を塞ぐ手を外そうとしていると、バッと天蓋の覆《おお》い布が開かれる。

「フランッ！」と叫んだ相手を見てフランは目を瞠《みは》った。

黒い耳の生えた赤毛の癖っ毛と青い瞳は同じだったが、十四歳くらいに育っており、五歳児のときに着ていた服がビリビリに破れて申し訳程度に残っているだけの半裸で、なにより驚くのは面差しがフェリウス殿下にそっくりなことだった。

もしかしてウルヴァーはフェリウス殿下の兄弟だったんだろうかと思ったとき、あられもない姿で拘束されているフランを見てウルヴァーが顔色を変え、ギロリとサキュバスを睨んだ。

「これは合意じゃないよな。俺の知ってるフランはこんな高度な技法を好むほど色事に通じていないし、俺が苦しむとわかっていて置き去りにするほど薄情な奴じゃない。さっさとフランの上から退《ど》け！　この国では王子を縛りつけて強引に性接待する不敬をどう裁《さば》くのか知らないが、あと一秒でも長くフランの上に乗っていたら、俺がこの手で裁いてやる……！」

視線と声から只ごとではない怒気《どき》を放ちながら、右手を顔の前に掲《かか》げてグッと力を込めると、その部分だけ狼の手に戻ってジャキンと鋭い爪が伸びる。

ヒッと震えたサキュバスがフランから飛びのいて寝台から逃げ出し、ウルヴァーがフランを縛る絹紐を爪で一閃《いっせん》して解放する。

まだ脚の間が熱を持ったままで、ウルヴァーにこんな姿を見られたくなくて、急いで上掛けを引き寄せて前を隠し、いざるように寝台を下りる。

が、膝に力が入らずよろめいてしまい、つんのめりそうになったところをはっしとウルヴァーに受け止められる。

十四歳のウルヴァーはまだすこしだけフランに背が届かず、「大丈夫か、つかまれ」と貸してくれた肩の位置がすこし低かった。

ただ筋肉はしっかりとついて逞《たくま》しく、肩に回したフランの左腕を摑み、人間の手に戻った右手でがっちり腰を支えてくれる。

純粋な手助けなのに、ウルヴァーの肌が密着した部分がビリッと痺《しび》れ、どくどくと脚の間が脈打ってしまう。ウルヴァーに変に思われたくない、と必死に唇を嚙みしめ、火照《ほて》る身体をなんとか励《はげ》まして肩を借りながら淫靡な寝室から出口に向かう。

部屋の隅でガウンで裸身を隠した公爵夫人が、

「王子様、どうかお許しを……。ひとえに娘のためでしたが、行き過ぎた真似をいたしました」

と萎《しお》れた表情で詫びてくる。

背中の羽根も妖艶さも消した元のしとやかで控えめな夫人に戻っているように見えたが、フランは身の疼《うず》きをなんとか堪えながら言った。

「……公爵夫人、本日は馬車でお送りくださって助かりましたし、プリムヴェール嬢とのおしゃべりや晩餐など、こちらにお招きいただいて楽しかった時間もたくさんあるので、この件について他言《たごん》はいたしませんし、罪を問うこともしません。ただ、今後王宮で開かれるどんな催《もよお》しにも、ヘブリディーズ公爵家宛ての招待状をお送りすることはないでしょう」

きっとウルヴァーが来てくれなかったら未遂では済まなかったはずで、何事もなかったように不問《ふもん》にすることはさすがにできず、そう告げて部屋を辞《じ》す。

背後で「お待ちください、どうか娘だけは……！」と追いすがる声が聞こえたが、ウルヴァーが駆けだすのに引っ張られるように振り向かずに廊下を走って逃げる。

「フラン、最初に案内された客室にシルヴァリーデューが眠らされてる。早く戻って一緒にここを出よう。あの女が諦めずになにかしてきたらまずい」

「う、うん」

十分にありえそうで背筋をゾワッと震わせ、手首に残る千切れた拘束の紐を走りながら払い落とす。

「ウルヴァー、助けに来てくれてほんとにありがとう。でも、なんでまた大きくなってるの……？」

熱い身体で必死に階段を上りながら問うと、ウルヴァーはフランより拳《こぶし》ひとつ分低い位置に

ある頭を振り、

「俺にもわからない。ただ、さっきまで俺もシルヴァリーデューと一緒に寝かされてて、またひどい頭痛のせいで目が覚めたんだ。そのときはまだ五歳のままで、部屋を出てフランを探しているとき、背が小さすぎてドアノブに手が届かない部屋もあって、早く見つけないと困るのに！　って思ったら急に身体が大きくなって、フランの匂いがはっきりわかったんだ。それであの部屋まで直行できた」

と事情を教えてくれた。

自分を探すために大きくなって嗅覚《きゅうかく》も鋭くして見つけてくれたと聞き、たとえ頭痛を消したい一心だったとしても、サキュバスから間一髪《かんいっぱつ》のところで救ってくれた相手に感謝の気持ちしかなかった。

初めて訪れた邸宅で間取りを知らなくても狼の嗅覚でフランのもとに辿りつけたように、いまもデューのいる客室まで迷わず戻ってくれ、窓から射す月明かりの中、寝台の上で翅《はね》を青く光らせて眠るデューのそばに駆け寄る。

「デュー、起きて！　早くここを出ないと僕の貞操《ていそう》が危ないんだ！」

「……ほえ？　なに言ってんら、フラン。まらよるらから、しずかにれかしてくれよ……」

片目を半分開けただけで、ろくに呂律《ろれつ》も回らないほど眠いらしく、すぐに眠りこんでしまう。

朝までぐっすり寝かせるために大量に眠り薬を盛られてしまったようで、ちょっとやそっとでは起きそうもない。もう寝たまま連れていくしかない、とウルヴァーと顔を見合わせて頷き、急いで身を覆っていた上掛けを落として服を身につける。

まだ身体は熱くて辛かったが、いまは一刻も早くここを立ち去らなければ、と気がせいた。

十四歳のウルヴァーの服がないので、「明日金貨が出てきたら、どこかで君の服を手に入れてあげるからね」と言いながらフランのマントを羽織《はお》らせる。

肩かけ鞄に眠るデューをそっと入れてドアから出ていこうとしたとき、

「王子様っ、娘に罪はございません。どうかお慈悲を……！」

と追いかけてきた公爵夫人の声が聞こえ、フランはぞっとして思わず内側から鍵をかける。

プリムヴェールのことは嫌いではないし、彼女を花嫁候補に戻すと言えばひとまずこの場はおさまるかもしれないが、そうなればまた公爵夫人が娘を妃にするためになにをするかわからず、ここで甘い顔をすべきではないと思った。

ドンドンとドアを叩いてドアノブをガチャガチャ言わせながら、

「王子様、お願いにございます、どうかここを開けて、もう一度お詫びさせてくださいませ！」

と何度か繰り返していた夫人が「……ラーゴ、この部屋の鍵を取ってきてちょうだい」と語調を変えて召使に命じる声が聞こえ、万事休《ばんじ》すか、とフランが身を固くしたとき、ウルヴァーがフランの手を取って踵《きびす》を返し、バルコニーに向かう。

まさか三階から飛び降りる気なのかとおののきながらついていくと、ウルヴァーは手すりのそばで足を止め、フランの鞄に手を入れて眠るデューを掬《すく》いあげた。

「シルヴァリーデュー、頼む、今だけでいいから目を開けて、妖精の粉をフランと俺にかけてくれ！」

飛んで逃げようとしているのだとわかり、フランも必死にウルヴァーの手の中で寝こけるデューの頬を摘《つ》まんだり、肩を揺すって「デュー、早く妖精の粉をかけて！」と懇願する。

「なんれいま空なんかとぶんらよぉ」と寝ぼけながらも、デューはふわりと翅をはばたかせて、ふたりの頭上に煌《きら》めく光の粉を降らせてくれた。

そのとき、背後のドアに鍵を差し込む音がして、フランとウルヴァーは息を止める。

先に動いたのはウルヴァーで、狼の跳躍力で腰より高い手すりに飛び乗ると、「フラン、行くぞ！」と振り返って左手を伸ばしてくる。

僕にそんな跳躍力はないし、どうやって飛ぶかもわからない、と一瞬怖気《おじけ》づいたが、続いて聞こえたガチャリとドアが開く音に迷いを捨て、ウルヴァーの手を掴む。

ぎゅっと握り返された瞬間、ウルヴァーが手すりを蹴って宙を飛び、フランも夜空に舞いあがっていた。

＊＊＊

「わ、と…飛んでる……！　ウルヴァー、ほんとに飛んでるよ、僕たち……！」

飛び立った瞬間に思わず瞑《つむ》った目をおそるおそる開けると、目の前にまばゆい星屑《ほしくず》の海が広がっている。眼下にはヘブリディーズ公爵邸の灯りがどんどん小さく遠ざかっていくのが見えた。

目を凝《こ》らしてもサキュバスの羽で空まで追いかけてくる気配はなく、なんとか魔の手を逃れられたという安堵感のあとに、足のつかない上空にいる怖ろしさが込み上げてくる。

けれど、しっかりと握られたウルヴァーの手には、この手を離さなければきっと大丈夫だと思える強さがあった。

「妖精の粉ってすごい威力なんだな。最初に『急所のアレ』なんて濁《にご》すから、てっきり別のものかと思ったが」

ウルヴァーが苦笑を浮かべ、月明かりで濃緑の森や畑が影のように浮かび上がる地上を見下ろし、「フラン、きっとあの黒い線が街道だから、あれに添って飛ぼう」と前方の草原の間を走る道を指す。

うん、と頷きながら、飛び立つときだけ一瞬忘れられた火照りがどうしようもなく身を苛《さいな》み、はぁはぁと息が荒くなってしまう。

こんなときでもなければ、ふたりで両手を広げて流星のように風を切って飛ぶ空の旅を楽しめたはずなのに、いまは出口を求めて身のうちを暴れ狂う熱をどうにかしたくて下界を眺める余裕もなかった。

手が届きそうなほどそばにある三日月に照らされたウルヴァーが「フラン、大丈夫か？」と心配げに訊いてきたが、どの部分が大丈夫じゃないかを口にするのは憚《はばか》られ、必死に「だ、大丈夫」と答えたとき、鳥のように滑空《かっくう》していた身体がふと止まり、急に垂直に落下しはじめた。

「ウ、ウルヴァー、どうしよう、落ちてる……！」

真下からの風に前髪も後ろ髪も逆立てながら引き攣った顔でわめくと、

「もしかしたら妖精の粉が切れたのかも。シルヴァリーデューを起こしてもう一度かけてもらうんだ……！」

とウルヴァーもさらにすごい髪型になりながら言い、フランは必死に宙に浮く鞄を探って眠るデューを摑みだし、地面に叩きつけられる前に助けを乞う。

「デュー、お願い、もう一回妖精の粉をかけて！　このままじゃ僕とウルヴァーが死んじゃうから……！」

「……なんれしるんら？　らめら、目があからい……フラン、ウルヴァー、しららいれー」

完全に寝ぼけていて使い物にならず、もう胴体《どうたい》を摑んで自《みずか》ら頭の上で翅を揺らし、急いでウルヴァーにも腕を伸ばして頭上でデューの翅を揺すって妖精の粉を振りかける。

翅に付いていたわずかな量だったせいか再上昇することはできなかったが、ゆっくりとたゆたうように下降していき、最後はふんわりと地上に降りることができた。

両足を大地につけて、フランははぁっと腹の底から安堵の息をつく。

「よかった……、無事降りられて」

最後まで手を離さないでくれたウルヴァーも頷き、

「ああ、一時はどうなることかと思ったけどな。実は高所恐怖症の気《け》があるんだが、いまので克服できたかもしれない。次は逃げるためじゃなく純粋に楽しむために飛んでみたいな」

とニコッと笑みかけられ、ドキッと鼓動が跳ねる。

その笑い方には見覚えがあり、どうしてウルヴァーがフェリウス殿下に顔立ちや笑い方が似ているのか知りたかったが、焙《あぶ》られるような疼きのせいで落ち着いて聞ける状態ではなく、肩で息をしながら肩かけ鞄を前にずらして勃《た》ちあがっている部分を隠す。

繋いだままの掌《てのひら》がじっとり冷や汗をかいていることに気づき、急いで離そうとしたとき、ぎゅっと強く握られ、

「フラン、このライ麦畑のすこし先に野良小屋があるのが上から見えたんだ。たぶん農夫や羊飼いが急な雷雨のときに避難する小屋だと思う。誰でも使っていいはずだから、そこに行こう」

とウルヴァーがフランの手を引いて歩きだす。

フランが空の上からまともに見えたのは月と星と遠くの街灯りだけで、近くにそんな小屋が

あることなど気づかなかったが、身を休められる場所があると聞いてホッとする。

そこまで行けば、ウルヴァーに背を向けてじっと我慢していれば、脚の間がはしたないことになっていると気づかれずにおさまるかもしれない。そう自分に言い聞かせ、震える足を必死に動かす。

小屋に着くと、中は板張りの床に藁《わら》も椅子もなにもない掘立て小屋だった。

小さな明かり取りの窓から月の光がうっすら射しこむだけの薄暗い埃《ほこり》っぽい小屋に入った途端、フランは堪《こら》えていた下腹部が辛くてくずおれるようにへたりこんでしまう。

ウルヴァーに何事かと怪しまれないうちになにか言い訳しなくては、と熱い息を吐きながら弁解しようとしたとき、

「フラン、俺、いま嗅覚《きゅうかく》が狼並みだから、フランの身体がどんな状態かわかるんだ。俺があの寝室に行ったときは未遂に見えたが、あの女になにかされたのか？」

とそばに膝をついたウルヴァーに問われ、フランはギクッと息を止める。

熱く反《そ》り返る尖端が潤《うる》んで下着を濡らしており、そんな匂いまでわかってしまうんだろうか、と羞恥《しゅうち》と動揺に身を固くする。

「……キ、キスをされて、唾液《だえき》を飲まされてから、ずっと身体がおかしいんだ……」

消え入りそうな声で答えながら、両膝を立ててきつく抱え込む。

ウルヴァーはギリッと歯噛みするような音を奥歯で鳴らし、ふぅと息を吐いてからフランの

鞄から眠るデューを掬いあげ、

「フラン、俺はしばらくシルヴァリーデューと一緒に外に出ているから、自分でそこを慰めるといい。……ただ、あんまり遠くまで離れると頭痛で失神しそうになるから、声や気配が聞こえないあたりで待ってるから、終わったらすぐに呼びに来てくれ」

と言いながら青く光るデューを連れて出て行こうとする。

普段でも、脚の間が勃ちあがったときはなにもせずおさまるまで待つだけなので、「自分で慰める」という意味がわからなかったし、なぜ頭痛を堪えて外に行くなどと言うのかわからず、

「待って、外になんか行かなくていいよ。……その、ここがこうなったときは、ほかのことを考えたりして我慢していればそのうちおさまるから……」

と肩を喘《あえ》がせながら引き止める。

たまに寝ている最中に白いものを漏らしてしまったり、朝にそこが反応してしまうことはあるが、なんとなく女性のばあやや姉に聞くのはためらわれ、ダットガロットに聞くのも軽蔑《けいべつ》されそうで嫌だったので、どうすべきか誰にも聞けずにそのままやりすごしていた。

ウルヴァーは「えっ、我慢？」と驚いたように聞き返し、

「……ええと、フランはいままで一度も自慰《じい》をしたことがないのか……？」

とよっぽど珍しいことのような口調で確かめられ、「自慰」が具体的になにをすることかよくわからないままおずおず頷く。

「……そうなのか」と困惑げに呟いたあと、

「……じゃあ、緊急事態だし、俺が手を貸すよ。サキュバスの唾液を飲まされたら常より昂《たかぶ》っているだろうし、吐精しないとおさまらないはずだから、自慰もせず耐えるなんて苦行《くぎょう》としか思えないし」

と申し出られ、「えっ！」とフランは驚いて目を剝く。

「い、いや、いいよ。だって『手を貸す』って、ウルヴァーが僕の……を触るってことだよね？　そんなこと、とんでもないよ。恥ずかしいし、十四歳の男の子にそんな真似させたら、犯罪になっちゃうよ……！」

見た目が年下の少年なので混乱しながら首を振ると、

「いや、中身は二十歳だから問題ないし、どちらかというと俺のほうが性犯罪者だろう。とにかく、フランだって早く楽になりたいだろう？　ちょっと握って擦《こす》るだけだ。目を瞑ってればすぐ済むから」

と向かいに座って下衣の前立てに手を伸ばされ、ぎょっと身を竦めて「待って！」と叫ぶ。

「や、やっぱりダメだよ……。ウルヴァーにそんなことしてもらうのは気が引けるし、もしそうしてもらったら、性的行為をしたことになって、きっと『身も心も清らか』という条件を破ることになっちゃうから、我慢するよ……。いままでだってそうしてきたし、きっと大丈夫だから……」

熱い溶岩のように滾《たぎ》る部分をさらにきつく膝を抱え込んで押さえつけ、首を振って手助けを断る。

ウルヴァーはしばし黙考《もっこう》してから、「フラン」と呼びかけてきた。

「俺はいますぐサキュバスの唾液を体外に出すべきだと思うんだが、フランは自分で慰めるのも、俺の手でされるのも禁を破って結界に入れなくなりそうで心配なんだろ？　じゃあ間をとって、俺が狼の姿になってフランを慰めるっていうのはどうだろう。ペットとじゃれていたら、うっかりそこまで舐められてしまったというだけで、性的行為には当たらないから、身が穢れたことにはならないと思うんだ」

「……えっ？」

よくわからない提案をされてフランは眉を寄せる。

どこが「間をとった」のか不明だし、手で触られるのも恥ずかしいのに、狼の口でそんな場所を舐められるなんてありえない、とフランは真っ赤な顔で首を振る。

「……い、いいってば、そんなに僕の身体をなんとかしようとしてくれなくても……。それにやっと十四歳まで来たのに、こんなことのためにまた狼に戻ったりしなくていいよ。そもそもそんな簡単に人から狼に変身できるものじゃないだろうし……」

ばあやの魔法は心からの謝罪で狼から人に戻るというもので、自分の意志でどうこうできるものじゃないはずだし、とうろたえながら拒否すると、

「いや、たぶんできる気がするんだ。さっきも公爵邸でフランに跨《また》るサキュバスを見て、引き裂きたいほど腹が立って、この手だけでも狼の手になれば、と思ったら本当にできたし、宿屋の納屋で二歳からまた狼に戻ってしまったときは、本当はフランに感謝や謝罪の気持ちがあったのに、正直に言わなかったら変身してしまったから、たぶんいまもフランに対して気持ちと正反対のことを言えば狼になれる気がする」

と自説を展開してくる。

本当はちゃんと感謝や謝罪の気持ちを抱いていたと聞いて嬉しかったが、狼になって自分にしてくれようとしていることを考えるととても承諾できず、「でも……」ともう一度断ろうとすると、

「じゃあフラン、試しにやってみて、もし俺が狼に戻れたら、君の下半身の処理を任せてくれないか？　単なるサキュバスに襲われた後始末で、深い意味のない排泄《はいせつ》行為だから、穢されたと気に病むことはないよ。たぶんいままで魔女の里に入れたよそ者だって、挿入を伴《ともな》う性交はしたことがなくても自慰くらいしてたはずだ。もし俺が狼に変身できなければ、なにもせず大人しく寝ると約束する。どうかな」

「……え。……う、うん、じゃあ……」

熱心に持ちかけられ、思わず根負けして頷くと、ウルヴァーはフランの目をじっと見つめ、「本心とは裏腹なことを言うから」と前置きしてから言葉を継いだ。

「君のことが大嫌いだ。前から優しくてほのぼのしたいい子だなんて思ってないし、城でも狼扱いせずにまともに接してくれて嬉しかったとも思ってないし、この旅に出てから前よりもっと君のことを知って、本気で好きになったなんて全然思ってない」

「え……」

正反対のことを言うと前置きはあったが、憧れのフェリウス殿下に似ている顔で「大嫌いだ」と第一声で言われ、本人に言われたかのように胸が痛んでほかの言葉がよく聞こえず、しょぼんとしかけたとき、ウルヴァーが見る間に仔狼《こおおかみ》ではなく若い狼に変身する。

「あっ、ウルヴァー……！」

まさか本当にそんな方法で変身してしまうとは思わなかったし、あれが正反対の言葉なら、本当のウルヴァーの気持ちは……と意味を変換しようとしたとき、仔狼のときより立派な体格になったウルヴァーがフランの胸に顔をすり寄せてきて、そのまま胸を押すように床に押し倒してきた。

「ちょ、ウルヴァー、待っ……！」

まだ心の準備ができていないのに、脚の間に陣取られ、勃ちあがっている部分に下衣の上から鼻面《はなづら》を押し付けられ、ビクッと火花が飛ぶような快感に息を飲む。

「ウ、ウルヴァー、ほんとにするの……？」

羞恥《しゅうち》と狼狽《ろうばい》と否定できない高揚感に震える声で問うと、ウルヴァーは（もちろん、そのために狼になったんだ）と言いたげな顔で諾《うべな》い、下衣の前立てを齧《かじ》って開けようとする。

「アッ、ねぇ、こ、これは『ただのサキュバスの体液を排泄するための処置』だよね……⁉」

布越しにぐりぐり顔を埋《うず》められ、高まりきった分身をなんとかしてほしくてたまらなくなる。

最後の砦《とりで》として確かめると、ウルヴァーは頷いて、ふたたび口で下衣を脱がそうとしてくる。

「ま、待って……！」とフランは叫び、両手でウルヴァーの顔をそこから外させる。

やっぱりやめて、と言うつもりだったのに、「ぬ、脱ぐから、待って」と口が勝手に言ってしまい、手も勝手に動いて前立てのボタンをおずおず外してしまう。

これはただの救済処置だし、狼の牙で引っ張り下ろされたら破かれてしまうかもしれないから、と自分に言い訳して、腰を浮かせて下着ごと下ろし、下半身を露《あら》わにする。

先走りで濡れた性器が夜気《やき》に触れてふるっと震え、ウルヴァーの目がデューの翅の灯りを受けてキラリと青く光るのが見えた。

「あっ、ぅんんっ……！」

待てのできない犬のようにそこに飛びつかれ、長い舌で余すところなく舐めまわされる。

自分の手で慰めたこともないのに、狼の口で舐められるのは衝撃的すぎて、なにが起きているのかわからなくなる。

仔狼のときより鋭く長い牙で齧られるんじゃないかと怯《おび》えたが、ウルヴァーは口中には飲み込まずに舌だけを使い、大きな舌でくるみこみ、そのまま上下に擦ったり、尖端の穴をくじったり、茎《くき》の裏側を舐めあげたりしてくる。

遠慮のない舌遣いとハッハッという狼の荒い息に気が遠くなりかける。

「アッ、あっ、すご…き、気持ちい……、こ、こんな……、んあぁっ……！」

単なる欲望の処理という名目なのに、快楽を得てしまったら「清らか」ではいられなくなりそうで不安だし、熟睡しているとはいえデューに聞かれたくなくて必死に声を堪えるが、信じられないほどの快感に悶《もだ》えずにはいられない。

達しそうになるたびあちこち舐める場所を変えられ、次々と新しい快楽を与えられて焦《じ》らすように絶頂を引きのばされる。

「うっ、ぅんっ、ふ…っ、あっだめ、ウルヴァ…そこはっ……あぁっ……！」

嚢《ふくろ》の双珠《そうじゅ》を舌で圧《お》すように舐め転がしていたウルヴァーに、奥の窄《すぼ》まりにべろりと舌を這わされ、びくっとフランは背をのけぞらせる。

嚢の裏を舐めるときに偶然そこまで舌が届いてしまっただけかと思ったら、ウルヴァーの舌は意図をもってそこを舐めまわしているのがわかる。そんな場所をべろべろに濡らされる羞恥と罪悪感と言い知れぬ快感にぞくぞくしてしまう。

「ウ、ウルヴァー…ダメだよ、そんな……、アッ、も…お願い、寄り道しないで、早く、ここを慰めて……っ！」

思わず自分で前を握ると、ウルヴァーは奥まった場所から顔を上げ、この処理は自分の仕事

だと言わんばかりに長い舌を巻き付けてフランの手から奪い取る。

熱い舌で強く締めつけられて目の前が真っ白になり、目も眩《くら》むような快感と解放感に包まれながら達する。

「あ、んぁっ、あぁぁぁっ……！」

憑《つ》き物が落ちたように強い焦燥感《しょうそうかん》は抜け落ち、肩を喘がせて射精感の余韻《よいん》に浸《ひた》っていると、フランの放った精を飲みこんだウルヴァーがギラリと目の色を変え、達したばかりの性器にまたむしゃぶりついてくる。

「やっ、ダメ、ウルヴァー！　もうおしまいだからっ……！」

サキュバスの唾液は薄まっても効果があるのか、制止も聞かずに野獣のようにシャツの中に首を突っ込んできて乳首まで舐めまわされ、悲鳴を上げてウルヴァーの頭を必死に押して身をよじり、急いで脱いだ服を摑んで這いずるように逃げる。

もしもこのまま狼のウルヴァーに身を繋げられてしまったら、と引き攣りながら必死に逃げ、追いかけてきたウルヴァーより一歩手の届かない場所に来た途端、「ギャイン」とウルヴァーが前脚で頭を押さえて動けなくなる。

「あっ、ごめん……！」

強烈な頭痛で瞬間的に野生が抜けたらしく、目のぎらつきは消えて元の理性のあるウルヴァーの瞳に戻ったように見えたが、発情した獣に襲われかけた恐怖が捨てきれず、フランは小屋の隅で着衣を整えると、すぐ逃げられるギリギリの位置に戻り、おずおず言った。

「……ウルヴァー、あの、もう平気……？」

ウルヴァーは気まずげに視線を落とし、「……ガウ」と頷く。

さっきの本物の狼のような振る舞いはサキュバスの影響で、そうなったのも自分の精液を始末してくれたせいなので、もう落ち着いたならきっと大丈夫、と自分に言い聞かせてフランはウルヴァーの隣に腰を下ろす。

「……あの、変なこと手伝わせてほんとにごめんね。でもおかげで助かったよ。……ええと、僕のために狼になってくれたのに、勝手なことを言って申し訳ないんだけれど、もしできるならまた人間に戻ってくれない……？　さっきちょっと怖かったし、その姿だと君と話もできないから……」

と小声で頼んでみる。

そんなにころころ変身できるものかわからないが、公爵邸でも自分を探したいと強く願ったら大きくなれたとか、手だけ狼になればいいと思ったらなれたと言っていたので、願えばなんとかなるのかも、と期待して言うと、狼のウルヴァーはこくりと頷いた。

目を閉じて祈るような様子をしたと思うと、見る間に全裸の十四歳の姿に戻り、ほんとに戻れた、と驚きながら、急いで床に落ちていたフランのマントを羽織《はお》らせる。

「ごめんね、何度も変身させちゃって。でもすごいね、ウルヴァー」

思わず感心すると、

「なんとなくコツは摑めた気がする。それより、さっきは済まなかった。ただの処理のはずが、俺までおかしなことになって……」

と済まなそうに詫びられ、「ううん、大丈夫」と首を振る。身体を張ってサキュバスの催淫作用を消してくれたことには感謝しているし、反省しているようなのでもう暴走には触れないことにする。

フランはやや躊躇《ためら》ってから、さっき本心とは逆の言葉だと言って告げられたことについて改めて確かめようとして、また口を噤《つぐ》む。

『大嫌い』が逆の意味だというのなら、ウルヴァーは自分のことを好きなのかと聞いてみたかったが、フェリウス殿下に似ている顔でそんなことを言われたら、きっとそわそわとうろたえてしまうに決まっている。

ウルヴァーに罵倒《ばとう》されるよりは好かれるほうが嬉しいが、ひとまずあの「大嫌い」は「大好き」のことなのかという追究はあとにして、もうひとつの疑問を先に聞いてみることにする。

「ねえウルヴァー、君ってもしかして、フェリウス殿下と血が繋がってる兄弟とか親戚だったりするの……？」

赤の他人にしては顔が似すぎているし、やさぐれていないときは物腰にも気品があり、きっと無関係ではないのだろうと思いながら問うと、ウルヴァーは「え」と目をぱちくりさせる。

やや言いにくそうにコホッと咳払《せきばら》いしてから、

「……いや、兄弟ではなく、本人だ」

と続けられ、フランは眉を寄せる。

「え、本人……？」

すんなり「へえ」などと相槌《あいづち》は打てず、思わず不審顔で聞き返してしまう。

たしかにいまは十四歳の姿だから本物の殿下よりはやや幼いが、二十歳に戻れば髪色以外は瓜二《うりふた》つになるとは思う。

でも、たとえ髪色が同じだったとしても性格がまったく違うし、舞踏会の夜から仔狼だった間の振る舞いや物言いを考えれば、とても憧れの殿下と同一人物とは思えない。

フランは横目でウルヴァーを見やり、

「……そういう冗談言わないでくれない？　きっと僕がさんざん殿下を誉めちぎっていたのを聞いて、ちょっとからかってやろうと思ったのかもしれないけれど、君が殿下本人なんてありえないし、絶対信じないから。君は君でいいところもあるけれど、殿下はもっと穏やかで人当たりもよくて、食事中にげっぷしたり、口が裂けても『ばばあ』とか言う人じゃないし」

ときっぱり否定する。

きっと本人ではなく、よんどころない事情で別々に暮らしている双子とか、従兄弟《いとこ》とかいう可能性はあるかも、と思っていると、ウルヴァーは気まずげに口ごもりながら言った。

「……だからそれは、売り言葉に買い言葉というか、本気で言ったわけではないし、狼になったら日頃の抑圧《よくあつ》から解放されて、つい無作法する楽しさに味を占めて満喫《まんきつ》してしまっただけだ。クローディア姫に突然婚約破棄《はき》されて、それまで弱小国の第二王子として必ず大国の姫に気に入られて国に経済的な支援をしてもらえるようにと周りから圧をかけられ続け、髪も赤毛じゃ見映《みば》えが悪いからと染めさせられて、アストラル王家は魔法使いを雇えるほど豊かじゃないから、金髪に染めるのもミョウバンや生石灰《せいせっかい》や天然ソーダなんかを水に溶かした毛染液を塗って日光に何時間も当てて地道に染めるしかなく、顔は日焼けしないように丸くくり抜いた帽子を被《かぶ》って城の一番高い塔の屋根に高所恐怖症なのにはしごで登って何日も座ってなきゃいけなくて、毎年姫の誕生会の前は毛染液のせいで頭皮《とうひ》までがびがびになって悲惨だったし、もし不品《ふひん》行《こう》な真似をして隣国に噂が流れると支障になるからと、常に勤勉で品行方正でいることを強い《し》られ、当たり前だが恋愛もご法度《はっと》でちょっと侍女と話すことも禁じられていたし、頻繁に高等数学の難問ばっかり送ってくる姫の手紙にも根性で返事を出し、何年も筆舌《ひつぜつ》に尽くしがたい苦労を重ねてきたのに、あっさりほかに好きな人ができたと詫びの手紙一枚でおさらばで、いままでの努力はなんだったんだって普通思うだろう⁉　一応ダートシー国王からも丁重な詫び状とお見舞い金は届いたが、周りからは下手《へた》を打って破談にされた戦犯《せんぱん》のような目を向けられ、針の筵《むしろ》だったときにフランの舞踏会のことを聞いて、きっとあの子なら誰にもわかってもらえない胸のうちを共感して聞いてくれるんじゃないかと期待して、ほかの顔見知りに会ってもわからないように変装して舞踏会に行ったんだ。ちょうどバルコニーにいるフランが見えたから声をかけようとしたら、老魔女とふたりで俺のことを『隠れ変態で竜にも劣るカス』と馬鹿にしているのが聞こえて、おまえもか！　と裏切られたような気持ちになって、積年溜めこんだ鬱憤《うっぷん》も爆発して、自分でも驚くような暴言を並べてしまったんだ」

「……」

長い打ち明け話を聞き、ウルヴァーがなぜあんな態度だったのかや、『先に非礼を働いたのは俺じゃない』と言った理由に納得がいき、やっぱり冗談やからかいではなく本当にウルヴァーがフェリウス殿下なのかもしれないと思えてきた。

国力に差のある二国の政略結婚の駒《こま》として、血の滲むような努力を強いられてきたと初めて知り、髪まで染めて完璧な王子と思われるように頑張ってきたのに、結婚式の直前で手のひらを返されて、自国ではあたかも自分のせいのように責められ、許嫁《いいなずけ》の弟にまでコケにされたと誤解したら、溜まりかねて爆発しても不思議はない。

それに仔狼のウルヴァーに名を聞いたときに「エイウゥ」と答えたことを思い出し、「フェリウス」と言おうとしていたのだとやっとわかり、やっぱり本当にウルヴァーがフェリウス殿下なんだと確信する。

相手は居住まいをただし、フランの目を見つめてから深く首《こうべ》を垂《た》れた。

「フラン、舞踏会の夜、『ぼんくら王子』だのなんだのと、心にもないひどい暴言の数々を口にしたことを許してほしい。君とは十六のときから毎年会っているが、いつものびのびと天真《てんしん》爛漫《らんまん》で、日々義務や周りの期待に汲々《きゅうきゅう》としている身からは羨《うらや》ましいくらい自由に生きていて、こちらこそ憧れを感じていたのに、ひどい失言で不愉快な思いをさせて、本当に申し訳なく思っている」

心からの謝罪だと伝わり、胸がじんわりあたたまる。

そのうえ、憧れの人から『憧れていた』などと過分な言葉をもらってしまい、内心慌てふためきながら顔を上げてもらおうとしたとき、相手の身体が十四歳の少年から見覚えのある二十歳の青年に変化した。

「あっ、殿下、元に……」

戻ったのですね、と続けようとして、まだ赤毛の間に黒い耳と背後にふさふさの尻尾が残っているのが見え、フランは「あれっ⁉」と声を上げる。

「なんでかな、ちゃんと謝ってくださったのに……」

ばあやの魔法に手違いがあったんだろうか、と首をひねると、フェリウスが獣の耳を手で確かめながら言った。

「もしかしたら、まだフランの爪先《つまさき》に口づけていないからかもしれない。老魔女は心から詫びながら、四つん這いで尻尾を丸めて君の足を舐めろと言っていたから、いまから君の足にそうさせてもらってもいいだろうか」

丁重に申し出られ、フランはぎょっと目を剝く。

「えぇっ、殿下が僕の足に……!? い、いけませんっ、そんなことをしていただかなくても充分心からの謝罪だとわかりましたし、あんな暴言を吐きたくなる事情もよくわかりました。ガルガル荒《すさ》んでいた仔狼のウルヴァーならともかく、いまのフェリウス殿下に四つん這いになって汚れたブーツに口づけてもらうなんて、そんな無礼で不遜《ふそん》な真似は絶対にさせられませんっ……！」

いま目の前にいる殿下は耳付きでもフランがずっと憧れていた殿下そのもので、そんな人を這いつくばらせて靴を舐めさせるなんて言語道断だった。

「でも魔女の言う通りにしないと耳と尻尾が……」と憂《うれ》わしげな表情をされ、どうすれば失礼に当たらないか急いで思案する。

ブーツを脱げばすこしは不潔じゃないだろうか、と思ったが、裸足の爪先に唇をつけられるところを想像した途端、カッと羞恥とわけのわからないときめきを覚えてしまい、フランは大慌てで不埒《ふらち》な妄想を振り払う。

「あ、あの、母が出発前にお約束したとおり、魔女の里の秘薬でばあやが目を覚ましたら、すぐにその耳と尻尾を消してもらいますから、どうかそれまであと数日耳付きで我慢していただけないかと……」

しどろもどろに懇願し、早く別の話題に変えてしまおう、と焦りながらフランも居住まいをただす。

「あの、フェリウス殿下、改めて姉のクローディアになりかわり、突然の一方的な婚約破棄で殿下のお心を深く傷つけたことをお詫び申し上げます。姉自身も殿下に顔向けできない無礼を働いたと恐懼《きょうく》しておりました。この先殿下が新たな善《よ》き伴侶を得られ、姉のことをお許しいただける日が来ることを弟として切《せつ》に願っております」

改まって頭を下げながら、もし殿下に新しいお相手ができて、遠方の国に婿《むこ》に行ってしまったら、きっともう自分との関わりはなくなってしまうんだろうなと胸の中に言いようのない淋しさが広がる。

フェリウスは穏やかに首を振り、

「許すもなにも、君の姉上に個人的な恨みはないし、いまはただ純粋に竜人《りゅうじん》と幸せになってくれたらいいと思っているよ。弟の君に聞かせることではないが、婚約期間中もお互いに恋愛感情はなかったから、破談《はだん》になっても失恋の痛みとは無縁だったんだ。ただ長年の努力が無駄になったことは痛手だったし、私のことを憧れの目で見てくれていると信じていた君に『隠れ変態のカス』呼ばわりされたことが一番堪《こた》えたかもしれない」

と茶目っ気と自虐《じぎゃく》の混じった笑みで告げられ、フランは必死に首を振る。

「違うんですっ、それは本当に誤解で、あのとき僕とばあやが話していたのは、殿下のような素敵な婚約者がいながら、ほかに目がいくなんて常識では考えられないから、なにかとんでもない欠陥《けっかん》でもなければありえないっていう流れで、決して殿下を貶《おとし》めたわけではないんです！　僕は本当に昔から崇拝《すうはい》の域で殿下に憧れていて、殿下の髪が赤毛で獣の耳があっても完璧な美貌を損《そこ》なうとはすこしも思わないし、以前姉が殿下にときめかないと豚に真珠なことを言ったとき、僕はめちゃくちゃドキドキしてときめくのに、なんて不感症でもったいないことを、と思ったし、殿下と毎日のように文通しているのが羨ましくて、僕も一通でいいから直筆のお手紙がほしいと思っていたし、本当に僕が姉上だったら、政略結婚のお相手が殿下だったら狂喜乱舞するのにって思ってて……」

身を乗り出して懸命に誤解を解こうと言葉を並べているうち、新たな誤解を招きそうなことを口走っていることに気づいてフランはハッと口を噤《つぐ》む。

どんなに憧れていたかを伝えて悪口を言ったわけじゃないと弁解したい一心だったが、気持ち悪い信奉者《しんぽうしゃ》と思われて引かれたかもしれない、と焦って上目で相手の顔を窺うと、フェリウスは楽しげで嬉しそうに見える笑みを浮かべてフランを見つめていた。

しばしの間を開けてから、フェリウスはこくっと小さく息を飲み、床についたフランの右手の手にそっと手を重ねてきた。

「……フラン、さっき私が真逆の言葉で気持ちを伝えたとき、どう思ったか教えてくれないかな。私はこの旅に出る前から君のことを好ましく思っていて、そのときはまだ恋ではなかったかもしれないけれど、狼になって共に過ごすうちに本気で君を好きになってしまった。昨日、狼のウルヴァーが私だとは知らずに君が私のことを熱く語ってくれたとき、まるで恋の告白を聞いているような気持ちになったし、いまの言葉もそう聞こえたんだけれど、君の気持ちはただの憧れなのか、それ以上の気持ちなのか、是非聞かせてほしい」

「……っ」

とても衝撃的な言葉を告げられて、すぐには言葉が出てこなかった。

フェリウス殿下が自分を好きになってくれるなんて、そんなことが本当にありえるのか、にわかには信じられない。

舞踏会の夜からウルヴァーが殿下だなんて夢にも思わなかったから、すこしも取り繕《つくろ》わずに素で接してしまい、遠慮なく叱ったり、仕返ししたり、軟弱なところも隠さず晒《さら》したし、目の前で着替えたり一緒にお風呂にも入ったし、あまつさえ茂みで用を済ますときもそばにいたし、いま思うと羞恥と狼狽で叫びながら逃げたくなるような変な姿ばかり見せてしまった気がするのに、どこを見て好きになってくれたのかさっぱりわからない。

それに自分の殿下に対する気持ちも、すごく好きで憧れているのはたしかだけれど、それ以上の気持ちなのか、恋をしたことがないから「これは恋だ」とすぐに明言《めいげん》できない。

でも、「本気で好きになった」という相手の言葉が本当だったら天にも昇るほど嬉しいし、前から気になっていたと言われたことも、破談になった失意を唯一共感して聞いてくれそうな相手だと思ってくれたことも、信頼に値《あたい》する人間だと思ってくれたみたいでものすごく嬉しいし、自分だったら絶対竜人より殿下を選ぶと思っていたのも、姉には恋愛感情がなかったと聞いてホッとしたのも、ふたりの文通が甘い恋文じゃなく数学の問題でよかったと思うのも、新しい伴侶なんてほんとは見つけてほしくないし、よそに婿に行ってほしくないと思うのも、舞踏会に来てくれたすべての令嬢よりも殿下といるほうが心が浮き立つのも、自分にとって殿下がただひとりの特別な相手だからかもしれない。

殿下の方に男同士や王子同士ということにためらいがないなら、自分も「もし姉だったら」という仮定を外して、自分自身のまま殿下と結ばれたい。

やっと自分の気持ちを確信し、

「……あ、あの、殿下……、僕を好きだと言ってくださって、とても光栄ですし、僕も殿下のことが、ただの憧れを超えて、だ…大好きです……」

と赤くなってつっかえながら本心を打ち明ける。

フェリウスはいつもフランが見惚《みと》れていた麗《うるわ》しい笑顔になり、

「ありがとう。君はウルヴァーのように天邪鬼《あまのじゃく》じゃないから、『大好き』と言ってくれたら、言葉どおり受け取っていいいね？」

と添えられるだけだった手をきゅっと握ってくる。

さっき空を飛びながらずっと手を繋いでいたはずなのに、初めて握られたように胸を高鳴らせてこくんと頷くと、

「フラン、君の初めてのキスは私がもらいたかったのに、憎《に》っくきサキュバスに奪われてしまったから、消毒させてくれないかな」

と囁かれ、「え」としかまだ答えていないうちに唇を塞がれた。

「ンッ……！」

十四歳で初めて会ったときから憧れていた相手とのキスは、サキュバスとの悪寒《おかん》しか感じなかったキスとは比べものにならない快《こころよ》さで、うっとりと夢心地で唇を触れ合わせる。

「ん……、ン……」

啄《つい》ばむような優しいキスに酔っていると、するりと唇の間から舌を滑り込まされ、サキュバスの痕跡を消そうというように口中を舐め回され、ぞくぞくと震えが走る。

「んっ……ンンッ……ふ、ぅんっ……」

舌を絡め取られて頭の先から爪先まで痺れながら、エロチックな舌の動きに狼のウルヴァーにされた口淫《こういん》の舌遣いを思い出してしまう。あのウルヴァーの中身は殿下だったと改めて思ったら、脳が沸騰《ふっとう》しそうな羞恥を覚え、キスに酔っていられなくなる。

フランは必死に相手の胸を押して、

「……で、殿下……、もう、消毒は済みましたから……っ」

となんとか身を離す。

そもそもまだウルヴァーが殿下だったことも、殿下と恋人になれたという夢のような出来事

も、どちらも予想だにしていなかった急展開で、現実だと受け入れられるまでもうすこし猶予《ゆうよ》が欲しかった。

フランは一人分距離を置いて座り直し、やや間をあけてからフェリウスに言った。

「……あの、殿下、またかとお怒りにならないでほしいのですが、あと一日だけ、魔女の里に行くまででいいので、もう一度狼のウルヴァーの姿になっていただけませんか……?」

「えっ、どうして?」

なにを言いだすのかと驚いたように聞き返され、フランは視線が合わないように恐縮しながら言葉を継いだ。

「……あの、殿下を心からお慕《した》いしておりますし、恋仲になれてこの上なく幸せなのですが、まだ殿下本人を目の前にすると畏《おそ》れ多さや緊張のほうが先に立ってしまって、敬語も崩せないですし、僕から気安く触れたりすることもためらわれて……でも狼のウルヴァーなら中身が殿下でももうすこし気楽に触れますし、すこし狼で慣れたいというか……、仔狼のときは誤解でずっとツンツンされてたから、あまり撫でたりできなくて残念でしたし、旅が終わって魔法が完全に解けたらもう殿下は狼になれないから、いまのうちに心おきなく触れさせてもらって、本物の殿下の前でも緊張しないように練習させていただいて、本当に殿下が恋人になってくださったんだと受け入れる心の準備期間を一日だけいただけないかと……」

また狼になれなんて、なにを馬鹿なことを、と咎《とが》められるかと思ったら、「わかった」とフェリウスは即答した。

「狼になれば、フランがそんな風にかしこまらずにもっと打ち解けた態度を取ってくれるというのなら、構わないよ。私も狼のほうが普段よりのびのび振る舞えるし、ダートキーア城に戻るまで狼でいてあげよう」

にこやかに笑むと、「じゃあまた真逆のことを言うからね。……また狼になってフランに思いっきりベタベタもふもふすりすりされて、狼としていちゃいちゃするなんてまっぴらだ」とわざとツンとした声で言うなり、大きな成獣《せいじゅう》の狼の姿に変身した。

ラフェルテに最初に仔狼に変えられたときの絶望感などどこ吹く風で、自《みずか》ら喜んで狼に変身する殿下に笑みを誘われる。

正反対の言葉でいちゃいちゃしたいとリクエストされたので、フランは赤いたてがみが一筋混じる太い首に抱きついて頬ずりし、本人にはまだ緊張してできない頬へのキスをチュッと自分からすると、狼の恋人は「アオーン」と嬉しそうに遠吠えした。

＊＊＊＊＊

翌朝、狼の毛皮にくるまれて寄りそって眠っていたフランは、

「……なんでこんな小屋にいるんだ？　公爵邸にいたはずじゃ……」

と戸惑うデューの独り言で目を覚ました。

目を擦《こす》りながら身を起こし、一緒に目を覚ました狼の殿下の首を撫でておはようの挨拶《あいさつ》をしてから、

「デュー、おはよう。どこか体調におかしいところはない？　実は昨夜、公爵夫人に結構な量の眠り薬を飲まされちゃったんだよ」

と鞄の上できょろきょろしているデューに伝えると、

「え、薬を……？　くそ、全然覚えてない。でも、なんで夫人はそんなことを……？」

と初耳顔で聞かれ、よかった、なにも覚えていないなら、昨夜《ゆうべ》のはしたない声もきっと聞かれていないはず、と内心胸を撫で下ろす。

「実は、プリムヴェールをどうしても僕に嫁《とつ》がせたくて、僕たち三人に一服盛って、僕をふたりと引き離して色仕掛けで返事を強要してきたんだ。でもウルヴァーが助けに来てくれて未遂で済んだから、まだ清らかなままで魔女の里には入れるよ」

昨夜のウルヴァーとの行為がどう判定されるか心配だけど、と心の中だけで付け足している

と、デューは無念そうに唇を噛んだ。

「そうだったのか。済まなかった、護衛の騎士なのに肝心《かんじん》なときに守ってやれなくて。王妃様に『大船に乗ったつもりで任せろ』なんて大口叩いといて、なんの役にも立てなかったな。まさか夫人がそんな真似をするなんて思わないから、警戒せずに飲んじまって失敗した。妖精は摂取《せっしゅ》した食べ物の成分をすべて吸収してしまうから、薬の成分もまるごと取り込んじまったんだと思う」

面目《めんぼく》なさそうに項垂《うなだ》れるデューにフランは急いで首を振る。

「デューはちゃんと守ってくれたよ。眠ったままだったけど、妖精の粉で空を飛ばせてくれたから、なんとかここまで逃げられたんだ。君も充分功労者だからね」

心から謝意を告げると、デューが首を掻《か》きながら、

「本当か。寝てても役に立てたのなら、まあよかったが」

とややホッとした表情になり、狼のフェリウスに目を向ける。

「あれ、昨夜は五歳児になったはずなのに、もしかしてフランを助けるためにまた狼に変身してくれたのか?」

都合よく解釈してくれたので、「そうなんだよ」「ガウ」とふたりで頷くと、

「ありがとうな、ウルヴァー。俺の代わりにフランを守ってくれて。……そういや昨夜夢の中で、狼の遠吠えと盛りのついた猫の鳴き声を聞いたような気がするんだが、遠吠えのほうはお

まえの声だったのかな」

と続けられて、ふたりでギクッとする。

「さ、さあ、僕は疲れてぐっすり寝ちゃったから、なにも聞こえなかったな。……よしっ、みんな起きたし、もう出発しようか！　公爵夫人には困った目にも遭《あ》わされたけれど、馬車に乗せてくれたおかげでだいぶディテレーニに近づけたし、今日中に着くつもりで頑張って歩くから！　道案内よろしくね、デュー」

無理矢理話題を変え、てきぱき身支度を整えると、デューを肩に乗せ、狼のフェリウスと共に小屋を出る。

きりっとした狼の顔で尻尾《しっぽ》を楽しげに揺らしている恋人を微笑《ほほえ》ましく見ていると、

「なあ、ウルヴァーは昨日公爵邸の風呂場でフランに謝って本当の姿に戻る気になってたんだから、いまフランの爪先《つまさき》に口づけて元に戻ったらいいんじゃないか？　いつまでも狼のままではいたくないだろう？」

とデューがフェリウスを見おろしながら言った。

元人間なら獣でいるより人の姿のほうがいいだろうという善意で言っているのはわかるが、狼でも恋人にそんな真似はさせたくないので、なんとか誤魔化《ごまか》さなければ、とフランは慌てて言い訳する。

「あ、あのね、昨夜デューが寝てる間にウルヴァーはちゃんと僕に謝ってくれて、和解は済んでるんだ。だから、もう靴を舐《な》めるような屈辱的な真似はしなくていいから、城に戻るまでこのままでいてって僕から頼んだんだよ。ほら、いま人間に戻ると、服も靴もなくて裸で歩かないといけないいし、二歳のときも五歳のときもウルヴァーってすごい美少年だったから、元に戻ったらとんでもない美形になるに決まってるし、そんな人が全裸で歩いてたら、街道を通るほかの旅人や商人たちがびっくりして卒倒《そっとう》しちゃうし、魔女の里に着いても、面食いのばあやの仲間たちが大勢いる場所だから、絶対みんな目の色を変えて、里を上げての争奪戦がはじまっちゃう可能性があるから、まだ人間に戻らないほうがいいと思うんだ」

ただの出まかせのつもりだったが、本当にそれくらい起こりそうかも、と不安になりながら熱く主張すると、フェリウスが狼の口の両端を引きあげてにやにやしながら、(それほどでも)とでも言うように尻尾でぱしんとフランの足を叩いてくる。

またデューがプライドを刺激されて拗《す》ねるといけないので、

「もちろん君の美貌も魔女たちを虜《とりこ》にするに決まってるし、魔法で拉致《らち》監禁して鑑賞用に美しい檻《おり》に入れて飾られちゃうと困るから、里では騎士の姿にならないで姿を隠しておいたほうがいいと思うよ」

と急いで言い添えると、「たしかにありえるな」とデューが頷く。

地図に描いてある目印の古い楢《なら》の大木がある別れ道を左手に折れ、曲がりくねる森の小道を進み、一跨《ひとまた》ぎで越えられそうな小川の前に来ると、デューが言った。

「フラン、この先が魔女の里で、この小川が結界になっているんだ。俺のばあさんから聞いた話では、里に入る資格のある者が『テクラグラマトンの名において、聖なる地に踏み入れんことを祈り願う』と唱《とな》えて小川を跨ぐと越えられるらしい」

ちゃんと一言一句《いちごんいっく》呪文を間違わずに言えるように口の中で復唱しつつ、

「……もし資格がなければどうなるの？」

と昨夜の行為のことで若干《じゃっかん》後ろ暗さを抱えながら問う。

「ただ入れないだけだろ。目に見えない壁に阻《はば》まれて進めないから、すごすご戻ることになるだけだ」

小川が硫酸《りゅうさん》に変わって溶けるとか、底なしになって溺《おぼ》れてしまうとか一瞬怖い想像をしてしまったので、あっさり言われてやや安堵し、

「いや、せっかくここまで来たのに手ぶらで帰るなんてばあやに顔向けできないし、なんとしても入れてもらおうね！」

肩のデューと足元のフェリウスと顔を見合わせて頷きあい、フランはこくりと唾《つば》を飲む。

「……ええと、『テクラグラマトンの名において、聖なる地に踏み入れんことを祈り願う』。どうかお願いです、ばあやのために、中に入れてください……！」

そう心から口にしながら大きく一歩踏み出す。

右足はなんの抵抗もなく向こう側に下ろせ、急いで左足も動かしてあちらに身体を滑《すべ》り込ま

せたが、なにかに弾《はじ》かれたりすることはなく無事小川を越えられた。

やった、と止めていた息を吐いた途端、眼前の光景が一変し、ただ木ばかりしか見えなかった深い森が小さな村に変貌《へんぼう》した。

拓《ひら》けた森の間に巨大な赤いキノコの形をした家や、階段状に四角い部屋が斜めに積まれている安定感がなさそうな家や、帽子のような屋根に目のような二つの窓と口の部分がドアになっている一見顔に見える家かと思ったら、本当に目が動いて生きている顔の家や、いかにもおどろおどろしい暗い雰囲気の極端に尖った屋根の家や、四季折々の花々を同時に咲かせた美しい庭のある少女趣味な家など、住人の個性と趣味を重視した様々な外観の家が点在しており、これが魔女の里なんだ、と感心して眺めていると、「よかった、みんな入れたな」と肩で姿を消したデューの声がした。

ふと下を見ると狼のフェリウスもちゃんと横におり、昨夜あんなことをしたのに大丈夫だったね、と目配せして照れ笑いする。殿下が国で品行方正を強《し》いられて恋愛も禁じられていたという話も本当だったとわかり、なんとなく嬉しくて頭をいいこいいこしてしまう。

ただデューも阻まれずに結界を通れたことがやや意外で、

「ねえ、デューって若く見えるけど、見た目より長く生きてるみたいだし、そんなに綺麗なのに、いままで恋人とかいなかったの？」

とつい余計なプライベートを詮索すると、「まだ俺に見合う相手に出会えてないから、安売りはしないだけだ」とやや高飛車な応《いら》えがある。

なるほど、でもそれは母上の部屋に引きこもってることが多いから出会えないんじゃないかな、などと思っていたとき、突然目の前にフランの胸くらいまである巨大な双頭《そうとう》の黒犬が現れ、思わず腰を抜かしそうになる。

フェリウスも（すわ敵か）と毛を逆立ててフランの前に飛び出したが、

『驚くには及ばぬ。わしはこの里の長《おさ》でガリファリアと申す者。フラン王子とお見受けするが、わしに用があるならこの犬に触れるがよい』

と目が炎のように赤い悪魔のしもべめいた凶悪な顔つきの犬がしわがれた魔女の声で語りだす。

一瞬この双頭の犬が魔女なのかと度肝《どぎも》を抜かれたが、本人は別の場所にいて使い魔をよこしたらしい。

こんな犬をペットにしている魔女はどんな方なんだろうと腰が引けて、フェリウスのたてがみを握って手を繋いでもらっている気持ちになりながら双頭の犬に触れると、きっとあそこなのではと目星をつけていたおどろおどろしい家ではなく、乙女チックな家の玄関に着いた。

あれ、ここ……？　と若干《じゃっかん》戸惑いながら、双頭の犬に揃って顎でドアを示されて控えめにノックをすると、中から雪のように白い髪を膝裏《ひざうら》まで垂らし、白いドレスを纏《まと》った美しい若い女性が現れた。

「ようこそおいでなされた。外からのお客人は久しぶりゆえ、張り切って若返りの魔法をかけてみたが、六百年ほど前のわしはざっとこんなもんだったのじゃ」

「はぁ、大変お美しくて、驚きました」

この里の魔女はみんな長寿なんだろうか、それにせっかく若返ったのに、この方も「わし」って言ってる、と思いながら、フランは白い魔女に礼にかなったお辞儀《じぎ》をした。

「ガリファァリア様、お初にお目にかかります。ダートシー国王ルドヤード五世の使いで参りました、フラン・ローゼミューレンと申します。こちらは両親からの贈り物で、お近づきのしるしにどうかお受け取りを」

鞄から取り出した精巧《せいこう》なガラス工芸の薔薇《ばら》の指輪を捧《ささ》げ持ち、

「本日お伺いいたしましたのは、僕のばあやのラフェルテのことなのです。実は先日、ラフェルテが魔法の使い過ぎで昏睡《こんすい》状態に陥り、どんな治癒魔法も薬も効きません。でも古い文献にこの村に伝わる魔女の秘薬《ひやく》ならあらゆる病に効くと書いてあり、それさえあれば命を救えるのではないかと王都から参りました。どうしても大好きなばあやを助けたいのです。どうか薬を分けていただけないでしょうか……？」

と真心を込めて懇願《こんがん》すると、ガリファァリアはフランの手から指輪を摘《つ》まみあげ、しげしげと眺めてから不服そうな顔つきで掌《てのひら》に戻してきた。

趣味に合わなかったんだろうか、ダートシーグラスの装飾品は金塊《きんかい》と取引されるような高価

なものだが、こんなものじゃ薬を渡せないと思ったんだろうか、と青ざめたとき、

「もう長いこと会っておらぬが、ラフェルテはわしの幼馴染でな。薬くらい分けてやっても構わぬが、ひとつ条件がある」

と切り出され、なにか法外な要求をされるのかも、とフランはごくっと唾《つば》を飲む。

「フラン王子、その指輪をわしの右手の薬指に嵌《は》めてくれんかの。わしだってたまには若い美形の王子にちやほやされたいのじゃ。ラフェルテばっかり毎日こんな可愛い王子に懐《なつ》かれおって、羨《うらや》ましいったらありゃしない」

と口を尖らせながら右手を差し出され、フランは目をぱちくりさせる。

そんなことで薬をもらえるならお安い御用だと思いながら、フランは笑顔でガリファリアの右手を取り、そっと薔薇の指輪を嵌めると、「うひゃひゃっ、久々にときめかせてもらったわい」と浮かれた弾《はず》みで白い魔女は七百歳の老魔女の姿に戻った。

現在の姿になったガリファリアは白い長衣に赤い頭巾《ずきん》を被《かぶ》り、奥の部屋から蝋《ろう》で栓《せん》をされた青い小瓶《こびん》を手に戻ってきた。

「これをひと瓶飲ませれば、あと二百年は元気に生きるじゃろう。ラフェルテが目覚めたら、たまには便りをよこせと伝言を頼むぞ」

小瓶を手渡しながらすりすりと手の甲を撫でられ、フェリウスが喉奥《のどおく》で（べたべた触るんじゃない）と言いたげに軽く唸《うな》るのを太ももの側面で脇腹を撫でて機嫌を取り、ガリファリア

に深く頭を下げる。

「ガリファリア様、本当にありがとうございます。これでばあやも助かりますし、必ずガリファリア様にお手紙を書くよう伝えますね。……それと、その赤い頭巾はばあやとお揃いなんですね。ばあやもそれがお気に入りで、どんなときもつけていますよ」

そう伝えると、ガリファリアは上下の瞼《まぶた》に何重も皺《しわ》のある目を瞠《みは》り、

「なに、あやつもまだ使っておるのか。これはラフェルテが養育係として王宮に上がるときに、お互いに縫《ぬ》いあって交換した魔法の頭巾なのじゃ。わしは単に色が好きだから使い続けているだけじゃが、あやつは存外わしのことが好きじゃったと見える」

とまたうひゃひゃひゃとおかしそうに笑った。

「目の保養と素敵な指輪の礼に、帰りは王宮まで魔法で戻してやろう。両陛下によろしくお伝えしておくれ」

ガリファリアは機嫌よく杖《つえ》を振ろうとして、ふと狼のフェリウスに目を留めた。

「む？　なにやら面妖《めんよう》な気を発する狼じゃな。高貴であり、苦労人でもあり、やや変態臭も香るが、きっとこれをそばに置けば、王子に幸せをもたらすという顔相《がんそう》が出ておる。フラン王子、この狼を大事になさることじゃ」

「は、はいっ、必ず……！」

ありがたい御宣託《ごせんたく》をしてくれた老魔女に感謝のあまり抱きつくと、嫉妬深い恋人に「ガウッ」

とマントを噛んで引き戻されてしまった。

＊＊＊＊

ガリファリアがフランたちを一瞬で城に戻してくれたおかげで、本来より三日早く薬を飲ませることができ、ラフェルテは無事意識を取り戻した。

「……ふわあ、よう寝たわい……。おや、フラン様にシルヴァリーデュー、両陛下にダルブレイズまで、お揃いでいかがなされた……、や！　おぬしまでおるのか、仔狼《こおおかみ》から育ちおって、このクソ生意気なこわっぱめ！」

寝台から身を起こし、取り囲む面々を不思議そうに眺めたあと、ラフェルテは狼のフェリウスに目を留め、昏睡《こんすい》前と同じ熱さで怒りの形相《ぎょうそう》をする。

フランは慌てて割って入り、

「ばあや、この方はアストラルのフェリウス殿下だったんだよ。舞踏会の夜、僕とばあやの会話を誤解して、心にもない暴言を吐いたり、狼にされても謝れなかったそうなんだ。でもばあやの薬を取りに行く旅に一緒に行ってくださって、僕の危機を救ってくれたし、ちゃんと心から謝ってくださったんだ。いまはちょっとまた狼に戻ってほしいって僕からお願いしちゃったからこの姿なんだけれど、正真正銘フェリウス殿下だから、魔法を解いてあげてくれない？」

と事情を説明する。

ばあやも両親も「え、この狼が殿下……!?」と仰天《ぎょうてん》し、デューも「そうだったのか!?」とフランの肩で跳び上がる。

フランとフェリウスは真顔で頷き、

「信じられないかもしれないけれど、魔法を解いてくれたら証明できるから」

とラフェルテに愛用のトネリコの長杖《ながづえ》を差し出す。

不審そうにしつつも、フランの真剣さに押されてラフェルテは狼に向けて杖を振る。

途端に余計な付属物のない、赤毛のフェリウスが生まれたままの姿で現れた。

狼からの変身だったために全裸で、

「ちょっ、服も着せて！　母上っ、見てはいけませんっ！」

とフランは慌ててフェリウスの前に立って両手を振りまわして裸身を隠す。

あんぐり見惚れているばあやの代わりにダルブレイズが素早く魔法で殿下の衣装を調《ととの》えてくれ、フランは胸を撫で下ろす。

赤毛以外は以前次姉《じし》の婚約者だったときと変わらず、美しく上品で城じゅうの憧れの的《まと》だった殿下のまま、片腕を背中に回して片手を胸に当て、まず両親に優雅にお辞儀《じぎ》をした。

「両陛下におかれましてはご機嫌麗《うるわ》しゅう。突然お伺いいたしまして、しかも狼の姿や全裸など、お見苦しいところをお見せしてしまい、大変恐縮いたしております」

ルドヤードはかねてよりフェリウスを高く評価して婿入《むこい》りを心待ちにしていたので、破談になったことに胸を痛めており、

「……フェリウス殿下、先日アストラルから殿下が失踪《しっそう》したと安否《あんぴ》の問い合わせがあり、まさかクローディアとの件で傷ついたあまり放浪の旅に出られたのではと案じておりました。ご無事でなによりですが、その髪の色は……、もしや気分を一新しようとして、赤く染めなさったのかな。その色もなかなかいいが」

と急な登場に驚きつつも、のんきな声をかける。

「陛下、ご心配をおかけして大変申し訳ありませんでした。失踪ではなく、ご覧のとおり元気ですし、髪は元々これが地毛なんです」

フェリウスが答えると、アドミラが扇子《せんす》で顔の下半分を隠し、

「そうだったのですか。その色もお似合いですよ。フェリウス殿下、あんなことがあったのにまたお越しくださって嬉しゅうございますけれど、前触れもなくおいでになられると困りますわ。殿下にお目見えするときは事前に準備が必要ですのに」

と困り顔をしつつも嬉しげに言う。

「大変申し訳ありません。ですが、王妃様はいつお会いしてもお美しく、こちらこそまたお目にかかれて光栄です」

フェリウスは如才《じょさい》なく母に挨拶《あいさつ》し、そのあと寝台に座ったままのラフェルテの足元に跪《ひざまず》き、ラフェルテの右手を両手で挟むように持ち、

「ラフェルテ様、先日は己の不徳のいたすところで、フラン王子にもあなた様にも看過《かんか》できぬほどの暴言を吐いてしまい、あの日の自分の口をもいでしまいたいほど後悔いたしております。決して本心からではなかったのですが、一度口に出した言葉は刃《やいば》となってあなた様のお心を傷つけたと思います。心の底から反省しておりますし、二度とあのような耳汚しの言葉を口にすることはないと誓いますので、どうか未熟者の若造の愚挙《ぐきょ》をお許しくださり、水に流していただけたらありがたいのですが……」

と吸いこまれそうに青い瞳をひたとラフェルテの瞳に据《す》え、切々《せつせつ》と訴える。

フランの耳元で「やっぱり猫被《かぶ》りじゃねえか」と囁くデューを横目で咎《とが》めていると、ラフェルテはポッと頰を赤らめて「お許しいたしましょうぞ」とあっさり謝罪を受け入れ、ばあやが面食いでよかった、とフランはフェリウスと安堵の笑みを交わす。

場の空気が和《なご》んだところで、フランは両親に向き直り、こくっと息を飲んでから意を決して言った。

「父上母上、この旅の道中、もしこれぞというお相手に出会えたら、連れて戻るようにとおっしゃいましたよね。ちゃんと出会えましたので、お連れしました」

この御方です、とフェリウスを掌《てのひら》で示すと、「なにっ……⁉」と父やほかの面々が絶句する。

フランは立ち上がったフェリウスの隣に並び、狼にべたべたしてすこし慣れた殿下の腕に腕を絡《から》める。

「昔から殿下に憧れていました。クローディア姉様より僕のほうがずっと熱い瞳で殿下を見つめてきましたし、自分では気づかなかったけれど、憧れを越えた片想いだったのです。でも昨日殿下も僕を以前から気に入ってくださっていたと教えてくれ、両想いだったとわかりました。魔女の里の長《おさ》からも、殿下は僕を幸せにしてくれる顔相《がんそう》だから一生離すなとお墨付《すみつ》きもいただきましたし、サキュバスに襲われた不可抗力だったのですが、僕としてはそこまで許したら、もう結婚するしかないということまで狼の殿下といたしてしまいました。ですからどうかお願いです、僕と殿下の結婚を許してください……！」

懸命に伝えると、ルドヤードが目を剥《む》く。

「な、なにを言っとるのだ、おまえは……！　男同士で結婚などと……！」

顎《あご》が外れそうな顔をされ、フランは姉が駆け落ちした朝のように決死の説得を試《こころ》みる。

「父上も殿下のことは『非の打ちどころのない婿《むこ》』だとずっと婚礼の日を楽しみになさっていたでしょう？　相手は姉上ではないけれど、僕がその願いを叶えますし、母上も王室の結婚にも変化や改革が必要だとおっしゃいましたよね。普通のお相手とは申せませんし、非難や批判を浴びて最初は祝福もされないでしょうけれど、理解を得られるまでくじけません。殿下が僕以外のお相手のもとへ婿入りしてしまうことを思ったら、殿下と結婚してずっと一緒にいられるなら、誰になにを言われようと耐えられます。舞踏会の夜までは結婚相手は父上たちが善《よ》きお相手を選んでくだされば文句なく受け入れる気でいましたが、いまはフェリウス殿下でなければ絶対に嫌なんです。どうか僕の本気をわかってください……!」

腕を組んだままがばりと頭を下げると、

「……フラン、それ、ちゃんと相手と相談したのか？　なんか隣の男がすごい鳩豆顔《はとまめ》だぞ」

とデューに囁かれ、「えっ⁉」とフランは驚いて顔を上げる。

指摘どおり、フェリウスは目を見開いて唖然とした表情でフランを見ており、まさか自分の独り相撲《ずもう》で、好きだと言ってくれただけで結婚までする気はなかったのか、と顔面蒼白になったとき、

「フラン、そこまで考えてくれたなんて、感激で言葉もないよ。大国の跡継ぎとして、結婚はふさわしい姫君とするだろうから、私は秘密の恋人としてそばにいられるだけでよしとしなくては思っていたのに、両陛下にもそんなにきっぱり打ち明けてくれて、君はやっぱり自由でおおらかで、憧れてやまない最高の恋人だよ……!」

とひしっと抱きしめられ、ひっと緊張しながらも、フランは軽く頬を膨《ふく》らませる。

「なぜ殿下という最愛の御方がありながら、僕がほかの方と結婚するかもしれないなんてお考えになるのです。そんな不誠実なことは僕はいたしませんし、殿下を日陰の身にするなんてありえません。……ちょっと段取りを間違えて、先に両親に報告してしまって恐縮ですが、フェリウス殿下、どうか正式に僕と結婚していただけませんか……？」

思わず先走って順番が狂ってしまい、最後に本人にプロポーズをするというポンコツな失態《しったい》をしたフランに、フェリウスはにっこり笑って「喜んで」と答えてくれた。

フェリウスは表情を改めて両親に向き直る。

「ルドヤード国王陛下、アドミラ王妃様、フランの口から先にお伝えしてもらう形になりましたが、御子息を心から愛しております。実は、クローディア姫の誕生祝いでお城にあがるたび、フランのほうが気が合うし、一緒にいて安らげるので、毎年フランに会えることのほうをひそかに楽しみにしていました。今回己の不調法《ぶちょうほう》で狼に変身して、フランのそばで過ごさせていただき、誤解で無礼な態度を取り続ける私にも、当たり前のように人として扱ってくれ、宿でも私の頭痛を思いやって納屋《なや》に泊まってくれたり、出会う人々にもいつも誠実で裏表のない態度で接していて、気立ての良さに改めて魅了されました。王子同士という立場で正式な形で結ばれることは困難だと諦めていたのですが、いまフランが軽やかに慣例《かんれい》を打ち破ってくれたので、私も後に続きたいと思います。どうかフランと結婚させてください。フランが立派に国を治められるように、微力ながら婿としてお支えしたいですし、私を伴侶にすることでフランが受ける苦痛から、変わらぬ愛を注ぎ続けることでお守りできればと思っております」

フェリウスの真摯《しんし》な言葉にフランは胸を震わせつつ、ひとつ訂正したい箇所《かしょ》があり、隣を見上げる。

「殿下、ありがたいのですが、殿下は僕より国王としての資質を備えておいでだし、僕を『支える』という裏方に徹するのではなく、対等な立場で共に政《まつりごと》をしていただけないでしょうか。ふたりで協力したほうが、より正しい判断ができるでしょうし、実力があって向いている方が任に着くほうが民のためだと思うのです。それに王子が婿を取れば批判はどちらにも向くはずですし、殿下が誹謗中傷《ひぼうちゅうしょう》されたときは僕がお守りします。跡継ぎのことは、クローディア姉様とドーセットの間にたくさん子供が産まれたら、ひとり養子にもらうとかすればどうにかなると思うし、僕が王になったら、男でも女でも竜人でも、当たり前に好きな相手と結婚できるようにしたり、いろいろ変えたいことがあるのです。是非殿下にも一緒にその方法を考えていただいて、この国の民がもっと生きやすくなるようにお力をお借りしたいのです」

自分の不得手《ふえて》なことはできる人に頼るのが早道という長年の経験則もあったし、王にふさわしい能力を備えるフェリウスをただの添え物のような婿に留まらせるのはもったいない。

それに一方的に守られるのではなく自分もそうしたいのだと伝えたかった。

フェリウスは美しい青い瞳を薄い水の膜で煌《きら》めかせ、

「フラン、君が王に向いていないポンコツだなんて、まったくそんなことはないよ。君はきっと素晴らしい王になる。君の治世《ちせい》はずっと平和で楽しくていい時代だったと後世に語り継がれるようなものになるんじゃないかな」

とべた褒《ぼ》めしてくれ、嬉しくて畏《おそ》れ多くて「そんな……」と真っ赤になって俯《うつむ》き、ぎゅっと腕に力を込めて頬を寄せる。

「なに親を無視してふたりの世界を作ってんだ」と耳元でデューに呆れた声で言われ、ハッと顔を上げる。

「フランよ、たしかに余《よ》はフェリウス殿下を高く買っている。だが結婚というのは、」

ルドヤードが掠《かす》れた声で言いかけるのを「あなた」とアドミラが遮《さえぎ》った。

「たった数日前に旅立ったフランがこんなに見違えるように大人になっただけでも行かせた甲《か》斐《い》がありましたし、王子同士ではありますが、フェリウス殿下をお迎えすれば、アストラルが北のギーレンと手を組んで北方に緊張をもたらすことを阻止《そし》できますし、悪いことばかりではないのでは。ふたりとも覚悟はできているようですし、魔女の予言もあります。私は本気で想いあう二人を信じて認めてあげてもよろしいのではないかと思いますわ」

千尋《せんじん》の谷に突き落とすだけではなく、情と理《り》のある判断をしてくれた母に、きっと父も逆らえずに同意してくれるだろうと期待が込み上げ、

「ありがとうございます、母上……!」

とフランは駆けよって抱きつく。

アドミラはフランの背をぽんぽんと叩き、

「まさかクローディアではなくあなたの婿として殿下をお迎えすることになるとは思わなかったけれど、素晴らしい義理の息子ができることは私も嬉しいわ」

と苦笑して、フランの肩からデューを手招いて自分の肩に戻し、フェリウスに目を向けた。

「フェリウス殿下、至らぬ息子ですが、どうぞガリファリアの予言どおり、末永く幸せにしてやってください。そしてあなたも、きっとフランのそばにいれば、狼に変えられるほど鬱憤《うっぷん》を溜めることなく幸せに生きられるでしょう」

「ありがとう存じます。その通りだと思います。王妃様、『義母上《ははうえ》』とお呼びしても……？」

感激の面持《おもも》ちでアドミラの手を取ろうとしたフェリウスに「まだ早い！　結婚してからだ！」とルドヤードが喚《わめ》く。

その言葉で父も認めてくれたことがわかり、フランは「父上っ、やっぱり父上は僕の味方になってくれると思っておりました！」とルドヤードにも抱きつく。

ルドヤードはふくよかな身体でフランを受け止め、

「これ以上反対して、上ふたりのように駆け落ちでもされたら、余は子供全員に駆け落ちされた王として名を残してしまうからな。おまえはダートシー王家の歴史に、婿をもらった最初の王として名を残すがよい」

と言ってくれ、フランはうるっと瞳を潤《うる》ませ、父の胸に顔を埋《うず》めて頷いた。

＊＊＊

その夜、フランは自室にフェリウスを迎え入れ、ふたりきりになってからさっきの段取りが狂ってしまったプロポーズの件について詫びた。

「フェリウス殿下、改めて先ほどの手違いについてすこし言い訳させてください。本当は今日魔女の里に行って無事薬をいただいたら、殿下に狼から人の姿に戻っていただいて、城に戻るまでの三日の間に折を見てプロポーズをして、両親への説得をどうすべきかご相談するつもりだったんです。でもガリファリア様がご厚意《こうい》で移動魔法をかけてくださって、とてもありがたかったんですけれど、あっと言う間に城に着いてしまって打ち合わせをする暇がなくなり、計画がいろいろずれて、自分ひとりで先走って、驚かせてしまって本当に失礼しました」

さきほどルドヤードがアストラル国王に宛《あ》てて、フェリウスが失踪したわけではなく無事なことや、フランとの婚姻を認めたことなどをしたためた親書《しんしょ》を伝書ドラゴンで送ってくれたので、フェリウスは今晩はダートキーア城へ泊まり、明日国に一度戻ることになっている。

ラフェルテやダルブレイズが魔法で送ればいますぐにでも一瞬で帰れるが、人間の姿の殿下と恋人になってから落ち着いて話す時間がなかったので、「今夜は泊まって行かれよ」というルドヤードの言葉にふたりは喜んで従ったのだった。

フェリウスは本人より先に両親に告げてしまった寝耳に水のプロポーズの一件にも鷹揚《おうよう》に微笑み、

「いや、『え、いまそれを？』と驚きはしたけれど、嬉しいサプライズだったから、全然謝らなくていいよ。むしろ事前に相談されていたら、きっと反対されるだけだろうだから、言わずに秘めたほうがいいとか余計な説得をしてしまったかもしれない」

と苦労人気質を覗かせる。

「フランが潔《いさぎよ》くプロポーズしてくれるまで、きっと君がほかに正式な花嫁を迎えるまでの期間限定の交際になるんだろうなと覚悟していたから、こんな風に君のご両親にも認めてもらえるなんて、現実のこととは思えないくらい嬉しいよ。……クローディア姫の最後の手紙に、『きっと殿下ならすぐに良縁が見つかる』と記《しる》されていて、そんな簡単に言われても、弱小国の第二王子にもう良縁なんてあるわけないと思っていたのに、本当にそうなった」

嬉しそうに笑みながら優しく抱きしめられ、ドキドキと鼓動を逸《はや》らせつつ、フランもきゅっと相手の背中に腕を回す。

「良縁と思っていただけるように、僕も全力で殿下を幸せにいたしますから。先ほど母も申しておりましたが、殿下は僕のようなのんき者を伴侶にすれば、いままでのように我慢に我慢を重ねて『ばばあ』とか口走る別人格が出てきてしまうほどの大惨事にはならないと思うんです。僕は殿下に地肌を傷《いた》めてまで赤毛を染めろなんて絶対言わないし、いつも品行方正でいてほしいとも思ってないいし、今後は入り婿だからと遠慮せず、言いたいことは我慢せずおっしゃってくださいね。仔狼のウルヴァーはちょっと我慢しなさすぎだったけれど、悪い子でも憎めなかったし、殿下の中にもすこしだけウルヴァーを残しておかれたほうが、楽に生きられるかと」

気楽な生き方の先達《せんだつ》として笑みかけると、フェリウスは感極まったように「フランッ！」と両手で頬を挟んで情熱的に唇を塞《ふさ》いでくる。

「ン……ん、んっ……ふ……っ」

最初から舌を絡《から》める熱烈なキスをされ、すこしだけまだ戸惑いや緊張もあったが、両親にも許可を得た正式な伴侶だし、もう魔女の里に入る条件を守る必要もないので、フランからもフェリウスの口中を舐《な》めてみる。

目を閉じておずおず舌を動かしていると、相手の犬歯《けんし》が急に尖ってツンと舌を軽く刺され、(ん？)と目を開けると、なぜかフェリウスの頭にふたつの黒い耳が生《は》えていた。

「でっ、殿下！　また耳が……！」

驚愕に目を剝《む》きながら背後を確かめると、ズボンから尻尾《しっぽ》の先がはみだして揺れている。

「な、なんで!?　ばあやの魔法は解けたはずなのに……！」

わけがわからずに叫ぶと、当のフェリウスはフランほど動じずに、尻尾に触れながら真顔で言った。

「もしかしたら、いま食べてしまいたいほどフランを可愛いと思ったから、何度も変身した魔法の名残《なごり》で身体が勝手に狼化したのかもしれない」

「なに落ち着いて分析してるんですかっ？　すぐにばあやを呼んできますから、しばしお待ちを……！」

急いでもう一度耳と尻尾を取ってもらうためにばあやを呼びに行こうとすると、フェリウスに腕を摑んで止められた。

「フラン、それは明日の朝でいいよ。ラフェルテは早寝だというし、これくらいのことでわざわざ起こすこともない。それに君は私が赤毛でも耳と尻尾があっても構わないと昨夜言ってくれたし、いまもすこしはウルヴァーを残しておけと言ってくれただろう？」

「……それは、言いましたけど」

でも内面に残せと言っただけで、耳と尻尾を残せと言ったわけでは、と内心激しく取り乱していると、フェリウスはおもむろにフランを横抱きにして寝室へ運んでいく。

「……で、殿下、あの……」

寝台に下ろされて、もしかしてそういうことになる可能性はあるかも、とすこしだけ覚悟をする。でも殿下は紳士だから結婚式や結婚証明書に署名して正式に婚姻が成立するまで閨《ねや》を共にしたりしないで添い寝するだけかも、と九割思っていると、のしかかるように上に跨《また》がられ、残り一割だった、とフランは固まる。

「フラン、実は耳付きの身体になると嗅覚《きゅうかく》が研ぎ澄《す》まされて、フランの身体からものすごくいい匂いがして、むらむらしてたまらなくなるんだ。それに、さっきフランは狼の私に口淫《こういん》されたことを『そこまで許したら結婚しなくては済まないようなことをした』と両陛下に言ってしまったから、おそらくすでに最後までいたしていると思われていると思うんだ。フランがまだ早いからどうしても嫌だというなら諦めるけれど、さっきフランはいつも品行方正じゃなくていいし、言いたいことは我慢せず言えと言ってくれたよね？　だから隠さずに言うよ。いますぐ君のすべてが欲しいんだ。……ダメかな」

そう言いながらそっと片足を摑んで顔のそばに持ち上げ、恭《うやうや》しく爪先《つまさき》に口づけられる。

「……っ」

もしそうされたらと想像しただけで羞恥《しゅうち》でおかしくなりそうだったことを実際にされてしまい、もうときめきでまともな判断なんかできなくなる。

膝立ちで跨る相手の屹立《きつりつ》は下衣を突きあげており、息を荒らげながらも、きっとフランが嫌だと言ったら引く気でいるのも瞳から察せられた。

まだ狼で慣れる練習をしていた最中で、殿下本人には慣れていないのに肌を合わせるなんて一足飛びすぎるかも、と不安や戸惑いもあった。でも早く殿下に慣れたいなら狼より殿下本人と直接たくさん触れあうべきかも、という気もしたし、大好きな恋人と結ばれるのがいますぐでも別におかしくはないのかも、と思えてくる。

フランは緊張に震える唇を小さく舌を出して湿らせてから、

「……あの、殿下、僕、舞踏会の夜に『子供の作り方も知らないのでは』みたいなことを言われましたが、本当に閨の営《いとな》みのことはなんとなくこうなんじゃないかなっていう程度の知識しかなくて、まだ詳しく教わっていないので、ちゃんとお相手がつとまるかわからないのですが、それでもよろしければ、どうぞ……」

と羞恥に消え入りそうな声で告げると、フェリウスはめまいを起こしたように頭を軽く反《そ》らし、

「……そんな可愛いことを言うと、本当に狼になるよ」

と低く言い、破るような勢いでシャツを脱ぎ、フランの唇を嚙みつくように塞《ふさ》いでくる。

「ンッ……！　ンンッ、ぁふっ……んぅっ」

もしかしたらこのまま全身本物の狼に変身してしまうんじゃないかと思うほどの激しいキスをされながら、フランも服を脱がされる。

自分の服と同じように引き裂くように剝《む》かれるかと思ったら、フランの服は逸《はや》る手つきながらちゃんと脱がせてくれ、完全な野獣ではなく紳士な殿下も残っていると内心すこし安堵する。

互いに一糸纏《いっしまと》わぬ姿になると、フェリウスはフランを搔《か》き抱《いだ》いてうなじの匂いを吸いこみ、媚薬《びやく》を嗅《か》いだように恍惚《こうこつ》の表情になる。

「……仔狼の姿でフランの着替えや入浴中の姿を盗み見ていたとき、なんて甘い香りで綺麗な身体なんだろうとひそかに惚《ほう》けていたんだ。毛が黒いからばれずに済んでいたが、いつも顔が赤らんでいたと思う」

そう打ち明けられ、言われてみれば仔狼のときは気づかなかったが、二歳児と五歳児のときは顔を赤くしていたかも、と思いだしていると、ちゅっと乳首に吸いつかれる。

「アッ……！」

サキュバスの唾液《だえき》の後始末をしてくれたときに狼の舌で強引に舐《な》められたときとはまるで違う感触で、片方の乳首を唇と舌で優しく愛《め》でながら、もう片方の乳首を指先で揉《も》まれ、甘い愛撫にとろけてしまいそうになる。

「あっ…ん、…う、ぅん……」

指と唇の奉仕を左右の胸で交互に施《ほどこ》され、尖りきった乳首に吐息が触れるだけでも感じる場所に育ててあげられる。

自分の胸を飽きず舐めしゃぶっている恋人を喘《あえ》ぎながら見おろし、片手で黒い耳の先を摘まんでみる。

天絨鵞《ビロード》のような滑《なめ》らかな感触の耳をすりすりと触ると、ぴくっとフェリウスが身じろいで目を上げる。

「……くすぐったいよ、フラン」

「だって、納屋で二歳のウルヴァーと寝てたとき、頬をこの耳の先で擦《こす》られて、すごく気持ちよかったから、触ってみたくて……」

そう言うと、フェリウスは「こう？」とすこし身を起こして頭を下げ、右耳の先でフランの頬を優しく撫でた。

「……うん、こんな風に……」

可愛かった二歳児のウルヴァーを思い出していると、フェリウスはまた身を下げて耳の先で乳首を下から上に弾《はじ》くように動かしてきた。

「あっ……ん」

唾液で濡れた敏感な尖りを柔らかな耳で撫でられ、強い刺激ではないのにぞくぞくしてしまう。

「……こういうのはどうかな」と言いながらフェリウスはフランの胸の上に跨《また》がって膝立ちになり、毛足の長い尻尾をふたつの尖りの上で這いずらせる。

「はぁ、んッ……！」

さわさわと尻尾でまさぐられる刺激もさりながら、目の前にそそり立つものに目を奪われる。

そんなに直視しては失礼かも、と思う気持ちも羞恥《しゅうち》もあったが、麗しい殿下の一部らしくその部分まで美しくて、雄々《おお》しく天を向くものに釘付《くぎづ》けになる。

「……で、殿下……、あの、僕も、触らせていただいても……？」

尻尾で胸を弄《いじ》られながら小声で問うと、フェリウスは軽く目を瞠り、

「フランが嫌でなければ、もちろん」

と言ってくれ、フランはこくっと小さく唾《つば》を飲んで、そろそろと手を伸ばして相手のものに触れる。

「……んっ……！」と呻《うめ》かれ、一瞬手を引っ込めてしまったが、「大丈夫だから、触って？」と甘くねだられ、雫《しずく》を零《こぼ》す尖端を人差し指でそっとつつく。指の腹でくびれや茎《くき》の長さを辿るように根元まで動かしたとき、奥歯を嚙みしめていたフェリウスが急に頭を逆にして四つん這いに跨ってきた。

「フラン、その触れかたもすごく可愛くて興奮するんだけれど、ちょっと私が君にするのと同じようにやってみてくれないかな……？」

そう言うと、フェリウスはフランの半勃《はんだ》ちの性器を両手で握り、上下に扱《しご》きだす。

「あっ、あっ…んっ、はっ……！」

狼の口淫《こういん》とは違う刺激に腰をもじつかせて悶《もだ》え、すぐに硬く張り詰めてしまう。

茎を扱きながら掌《てのひら》で尖端をくるむように捏《こ》ねられたり、嚢《ふくろ》を揉まれたり、初めての手淫《しゅいん》が気持ち良すぎて喘ぐことしかできない。

「あっ、はぁっ、すご…感じちゃ……あうん……っ！」

手と同時に口も使われ、根元を両手で擦《こす》りながら亀頭《きとう》にしゃぶりつかれ、「ああんっ！」と

爪先をシーツに突っ張らせて悶《もだ》える。

性器を手と口で限界まで高められながら、尻尾で顔や首や胸元を撫でまわされる。どこもかしこも気持ち良くて溺《おぼ》れそうに浸《ひた》っていると、両腿《りょうもも》を掴まれて尻を上向かされ、奥まった蕾《つぼみ》に唇を押しあてられた。

「あっ、殿下……っ！」

狼の舌でも舐められた場所を人に戻った相手に口づけられ、ぶるっと震えが走る。

狼の姿でされたときもひそかに快感を得てしまったが、本物のフェリウスの口でそんな場所に唇をつけられるのは畏《おそ》れ多く、

「い、いけません、殿下、狼の時ならならまだしも、殿下にそんなことっ……！」

と羞恥と困惑で目を潤ませながら首を振ると、

「大丈夫だよ、いま中身は狼だから」

と、笑みを含んだ声でこともなげに言い、濃厚な愛撫を後孔《こうこう》に施《ほどこ》される。

「やっ、あぁっ、んん…ひぁあっ……！」

ぬぷぬぷと舌を潜《もぐ》り込ませて抜き差しされ、羞恥を凌駕《りょうが》する快感に怯《おび》えながら悶える。

ぽたぽたと腹に滴《したた》ってくる相手の先走りにも感じて身が跳ね、おずおず手を伸ばして屹立を握る。

すこしでも相手にも気持ち良くなって欲しくて震える手で拙《つたな》く奉仕すると、またフェリウス

が歯を食いしばるような声を喉奥で洩らし、身を起こした。

「フラン、君より知識はあっても私もこれが初めてで耐性があまりないんだ。君にされるとどんなことでも嬉しくて暴発しそうになってしまうから、もう、君の中に入らせてもらえないかな」

愛撫は大胆で遠慮がないのに、言葉掛けが紳士なのでついときめいてしまうし、相手も初めてだというのも嬉しくて、喘ぎながらこくんと頷く。

フェリウスはフランの身体を裏返し、腰を高く上げさせて獣の姿勢を取らせた。

「フラン、さっきラフェルテに初めてでも苦痛なく交合《こうごう》できるという魔女の香油をもらったから、それを塗ってからしようね」

「え」

いつのまにばあやとそんな話を、と驚いて振り返ると、フェリウスは寝台の端に抛《ほう》った下衣のポケットから小瓶を取り出し、とろみのある液体を掌に受ける。

ほんのり薔薇《ばら》の香りが辺りに漂ったかと思うと、ぬるりと後孔に塗りこまれ、ビクッと背筋が震える。

表面に何度も塗られているうちにひくひくとそこが疼《うず》きだす。長い指で中の襞《ひだ》を掻きわけるように押し込まれたら、「うぅんっ……！」と尻を振って自《みずか》ら受け入れるように揺らしてしまう。

舌の届かない奥まで指で辿られ、ある部分をかすめられて、「あぁぁっ！」と叫びながら仰《の》け反《ぞ》る。

フェリウスはフランのたまらない場所を確実にとらえて指で穿《うが》ち、身も世もない悲鳴を上げさせる。

「あっ、アッ、殿下っ…もちぃぃ、そこ、すご…気持ちぃ……んぁあっ、やぁ、ん……っ！」

指を増やされて奥まで香油を塗りこまれ、じんじんと中が痺《しび》れて早くなにかをおさめてほしくておかしくなりそうだった。

「で、殿下……、もう……っ」

感じすぎて口の端から唾液《だえき》を滴らせ、涙で濡れた目で振り向いてねだると、フェリウスは発情したウルヴァーと同じ目をしてフランの腰を摑んだ。

慎ましかった入口は執拗な愛撫と香油の力でやわらかく開いてフェリウスを招き入れ、熱《いき》りきった屹立を従順に奥まで飲みこんでいく。

「……う……ぁあ、これは……」

最奥《さいおう》まで受け入れたとき、感極まったようなフェリウスの呻《うめ》きにフランも胸を震わせる。

魔女の香油を使ってもすこし痛みや圧迫感はあったが、相手が快感を得ているとわかってときめいたし、身のうちにびっちりと埋め込まれた恋人の存在に幸福を感じた。

フェリウスはフランが馴染むまで動かずに背中から抱きこんで愛《いと》しげにあちこちキスを落と

し、尻尾で腿や膝裏を撫でてくる。

全身を使って愛されていると感じて、フランはなにかお返しがしたくて、振り返って舌を差し出す。

すぐに受け取ってくれたフェリウスのキスに溺《おぼ》れながら、四つん這いでもできることをもうひとつしてみようと、中で脈打つ相手のものを締めつけてみる。

御礼のつもりだったのに、相手の野生を煽《あお》ってしまったらしく、激しい抽挿《ちゅうそう》が始まる。

「あっ、あっ、ひっ、ひぁっ……んっ、んんッ……あぁんっ……！」

深々と突きこまれては、抜かれそうな先まで引き戻され、視界がぶれるほど何度も何度も打ちこまれる。

深い抽挿のあとは指で教え込まれた快楽の壺《つぼ》を尖端で狙い撃ちされ、声も嗄《か》れるほど喘がされる。

出入りするたび汁が飛び散るほど激しく腰を振り立てながら、両方の乳首を摘まんで揉みしだかれ、脚の間で揺れる性器も可愛がられ、尻尾で左右の腿《もも》もぬかりなくくすぐられ、どこもかしこも気持ちよくされて悶えることしかできない。

「で、殿下、ごめんなさ…、僕…なにも……あぁぁっ……！」

与えられるばかりなのが申し訳なくて揺さぶられながら詫びると、

「ほんとに君は……私がこんなになってるのに、わからないの……？」

と背中に覆いかぶさってきて、「君はそのままで最高なんだよ」と耳元で囁きながら突き上げられ、フランは身と心で悦《よろこ》びと喜びを同時に感じながら果てた。

＊＊＊

「へえ、これが私なんだ。とても上手だね」

事後、やっと息が整った頃、フェリウスが以前フランがこっそり描いていた絵を見せてほしいというので照れながら見せると、予想以上に喜んでくれた。

「すごく嬉しいよ、私を想いながら描いてくれたなんて。国にも宮廷画家に描いてもらった肖像画が飾ってあるんだけれど、フランの描いてくれたもののほうが百億倍素敵だから、取り替えたいくらいだ」

浮かれるフェリウスにフランは大慌てで、

「いや、こんな描きかけの素人《しろうと》の絵と取り替えられたら、宮廷画家の方が気を悪くされてしまいます。……でも、もしよろしければ、もう一枚ちゃんと目の前で殿下を見ながら本気で描かせていただけませんか？　僕が一番描きたくて、何枚でも描きたいのは殿下の絵なので」

と恥じらいながら言うと、フェリウスは嬉しそうに頷く。

「もちろんだよ。モデルになっている間、フランにじっと見つめてもらえるなんて、嬉しくてたまらないから、もし『真顔で』とリクエストされても満面の笑みになりそうだよ。……そういえば、旅先でシルヴァリーデューの絵も描きたいと言っていたけれど、あれはどうかな。それにどちらが素敵かもタイプが違うから決められないとも言っていたね。思わず仔狼の姿で『私のほうが上だろう！』と伝えようとしたんだけれど、まったくわかってもらえなかった」

あのときのウルヴァーはそんなことを言っていたのか、と改めて笑いが込み上げてくる。

フランは品よく焼きもちを妬《や》く恋人に苦笑して、

「では訂正します。もうデューの絵は描かなくてもいいし、フェリウス殿下のほうが世界一素敵で、世界一大好きです。これでご満足ですか？」

と問うと、フェリウスは言葉ではなく笑顔と尻尾で御意《ぎょい》にかなったことを伝えてきた。

あとがき

AFTERWORD

―小林典雅―

こんにちは、または初めまして、小林典雅《こばやしてんが》と申します。

「ファンタジー物」というお題をいただきまして、ファンタジーと聞いて思い浮かべるアイテムをてんこもりにしてみました。タイトルにある王子様と狼のほか、魔女や妖精や竜、魔法での変身や空間移動、妖精の粉で夜間飛行など、もしこんなことできたらと憧れるシーンを楽しんで書きました。

私は割といつも受を真面目でひたむきな頑張り屋に設定にすることが多いので、今回は変化球で、初の「のび太くん受」にしてみました。王子なのに昼寝が大好きで、お勉強も苦手でちょっと歩いただけですぐへたばるダメっ子にしたら、案の定「もうすこしフランののび太感をソフトにしてください」と担当様のチェックが入り（笑）、若干《じゃっかん》のび太度を薄めました。

私は執筆中、便宜的《べんぎてき》に仮タイトルをつけるのですが、今回は『ケモミミ道中膝栗毛《ひざくりげ》』というおちゃらけタイトルをつけていたせいか、なかなかふたりにラブなフラグが立たず焦《あせ》りました。読者様にはウルヴァーの正体が薄々わかるのにフランにはわからないという状況が続くので、半分過ぎてもまだラブの気配がないやんけ！　とおっしゃらず、徐々に歩み寄るもだきゅんをお楽しみいただけたら嬉しいです。

挿絵は小山田《おやまだ》あみ先生にお引き受けいただけました。ラフの時点でも目を奪われる美しさで、いろいろ面倒な衣装や小物が多くて恐縮だったのですが、あらゆるパターンを完璧に描いてくださり、夢みたいに嬉しくて感激しました。私の激ツボは二歳のケモミミウルヴァーのぷにっと感のあるおなかとえくぼのある小さな手と、フランから引き離されまいとくっつく仔狼《こおおかみ》ウルヴァーと、フランにあんなことしちゃう成獣《せいじゅう》のウルヴァーと…やっぱり全部です！　小山田先生、お忙しい中、眼福《がんぷく》の素敵な挿絵を本当にありがとうございました！

あと私は新作を書く時、ひそかに既刊とコラボさせるのを隠れ目標にしていまして、今回は『王子ですが、お嫁にきました』という本とちょっぴり絡《から》めています。フランの上の姉のリリティアの元婚約者の王子が『お嫁にきました』の主役のアシエルだったという裏設定です。リンクしているのは破談の経緯《けいい》とグァンピーだけなので未読でも支障はないのですが、フランとはタイプの違う王子様が現代日本にやってきて警察官と恋に落ちるお話、というあらすじにピンとご興味を引かれた方は、是非お手に取っていただけたらありがたいです。

巻末に後日談のオマケSSを書きました。フランたちはこの先いろいろあってもふたりで手を取りあい、周りにもハッピーを派及《はきゅう》させながら生きていくと思うので、読んでくださった方にも笑顔になっていただけたら嬉しいです。次のビタミンBLでもお目にかかれますように。

めでたしめでたし、で終わる前にもうすこしだけ波乱があった。

フェリウスの両親のアストラル国王と王妃はルドヤードが送った親書《しんしょ》を読み、破談になったクローディア姫の弟王子と結婚させたいなどと書かれているが、なにかの間違いでは、ルドヤード国王は茶目っ気がある御方だから、きっと酔った弾《はず》みのおふざけでこんな手紙を送ってしまったに違いない、とふたりで戸惑いを押し隠して納得しあい、本気にしていなかった。

が、翌日フェリウスが帰国して改めて事情を告げられ、「まさか本当に、冗談抜きでフラン王子の婿《むこ》にフェリウスを迎えてくださるおつもりで⁉　ルドヤード国王の悪戯《いたずら》でもフェリウスの妄想でもなく……⁉」と仰天《ぎょうてん》して確認する手紙を寄こし、フランとルドヤードは急いでアストラルまで魔法で駆けつけて真実だと証明しなければならなかった。

フランが以前からフェリウスに片想いしていたことや、旅の間に両想いになれたこと、この先大事な婿としてずっと大切にすると心から伝え、フェリウスも同じ気持ちでいること、ルドヤードもフェリウスをこれ以上望めない立派な婿だと思っており、決してダートシーで肩身の狭い思いはさせないと三人がかりで説得し、アストラル国王と王妃はようやく冗談ではなかったと悟《さと》り、ふたりが本気ならばと受け入れてくれた。

次にダートシーの宮廷でも、ルドヤードがフランとフェリウスの結婚を認めたことを告げると、「王子様が婿を……⁉」と衝撃が走り、反対しようとする重臣もいたが、

「ここは常識を捨てて戦略的に考えてほしい。アストラルとの同盟強化は我が国にとって先送りすべきではない重要案件で、フランは次期国王として、姉の代わりに自《みずか》ら婚姻外交を全うすると申し出たのだ。もしフェリウス殿下がギーレンの王女と婚姻したりすれば、北の防衛に多くの人員や費用を割《さ》かねばならぬ。フランの婚姻以上の別案がないならば、余計な反論は控えよ」

とアドミラの入れ知恵で国益《こくえき》を前面に押し出して反対の芽を封じてくれた。

結婚式はひと月後に決まり、姉の式のために用意されていたもので再利用できるものは使い回すことにして、新たにフランの婚礼衣装を誂《あつら》えたり、招待状を書き直したり、あれこれ準備を進める傍《かたわ》ら、フランは念願の文通の夢も叶えた。

ラフェルテに頼めばすぐに本物のフェリウスのもとに行けるが、長年姉の文通を羨《うらや》ましく眺めていた身としては、結婚して同居したらできなくなる手紙のやりとりを是非ともしてみたかった。

他愛《たわい》もない一日の出来事と、一番伝えたい恋心をしたためて伝書ドラゴンに託すと、相手からも美麗な筆致《ひっち》の恋文が返ってきて、ひと月の間に交わした手紙はすべてフランの一生の宝物になった。

結婚式の前日、馬車でダートキーア城に入城したフェリウスを、フランは下りてくるのも待ち切れずに飛びついて出迎え、参列のために同乗していたアストラル国王と王妃に苦笑されてしまった。

翌日、普通の櫛《くし》ではなかなか言うことを聞かない頑固《がんこ》な癖毛をラフェルテの魔法で完璧に整えてもらい、毛皮の縁取りのついた長いマントの下に純白の婚礼衣装を着たフェリウスは、上から下まで溜息が出るほど美しく、式なんてほっぽってひたすらキャンバスに写し取りたい衝動を堪《こら》えるのが大変だった。

大勢の参列者の手前、なんとか我欲《がよく》を抑えて城の礼拝堂で結婚式を挙げ、異議申し立てする者も現れずに結婚誓約書に署名をし、無事婚姻が成立した。

フランはフェリウスとホッと安堵の笑みを交わしあい、手に手を取ってバルコニーに向かう。王子の結婚相手をひと目見ようと集まった群衆にお披露目《ひろめ》することになっており、内心どんな反応をされるかドキドキしながら並んでバルコニーに立つと、「わぁっ！」とどよめきが起こった。

が、次第に「あれっ？」「えっ？」という戸惑いがざわざわとさざ波のように広がるのがわかり、いつしかしんと静まり返ってしまう。

最初から好意的に受け入れてはもらえないかもしれないという覚悟はしていたし、いつかわかってもらえるように気長に構えようと事前にふたりで話していたので、繋いだ手をきゅっと

強く握り合ったとき、前のほうで父親に肩車されていた男の子が、

「王子様、お姫様はどこなの？」

と無邪気な声で問うてきた。

こらっ、と黙らせようとする父親を微笑で制し、フランは上からその子に向かって答えた。

「お姫様はいないんだよ。僕はお嫁さんじゃなく、お婿さんをもらったから、こちらのフェリウス殿下が結婚相手なんだ」

みなにもよく聞こえるように大きな声で告げると、男の子は眉を寄せ、

「ふたりとも男なのに、けっこんできるの？　僕、王子様とお姫様がけっこんする絵本しか読んだことないよ」

と怪訝《けげん》そうに言った。

フランは「そうだよね」と頷いて、

「きっとそういう絵本しかまだないだろうから、僕が新しい絵本を作るよ。王子が王子様を好きになって結婚するお話があってもいいはずだし、お姫様が女の人に恋したり、竜や妖精や魔女や狼とだって心が通じ合えば結ばれたっておかしくないって小さな頃からわかってほしいから。君が大きくなったとき、もし人間の女の子じゃない相手を好きになったとしても、普通じゃないからおかしいって悩んでほしくないし、好きなものは好きって言っても誰にも咎《とが》められたりせず、人と違っても当たり前に受け入れられる世の中にしたいんだ。そうなるようにま

ず素敵な絵本を作るから、できたら君に一冊進呈するね」

と笑顔で告げたとき、突然空が暗くなった。

雨雲かと空を見上げると、数えきれないほどの竜が広場の上空を埋《う》め尽くすように飛んでいる。それほどの竜の飛来《ひらい》を誰も目にしたことがなかったので、ひえっとおののいたとき、ひときわ白く輝く竜がバルコニーのそばまで舞い降りてきた。

「フラン、フェリウス殿下、ご結婚おめでとう。手紙に落ち着いたら挨拶《あいさつ》に来てくれると書いてあったけれど、直接お祝いとお詫《わ》びを言いたくて来てしまったわ。フェリウス殿下、いつぞやの御無礼をどうかお許しを」

ドーセットに乗って現れたクローディアに、フランとフェリウスは驚きながらも笑みを浮かべる。

「姉上、来てくださって本当に嬉しいです。ドーセットも、竜人族のみんなもわざわざありがとう」

「クローディア姫、いえ義姉上《あねうえ》、私にお詫びなど要《い》りませんし、いまとなってはおふたりが駆け落ちしてくださったことに感謝の念しかありません。どうぞ末永くお幸せに」

フェリウスが笑顔でそう言うと、クローディアも笑みを刷《は》いて頷いた。

「ありがとう、そう言ってくださって心が晴れました。結婚祝いに心ばかりの贈り物を用意したの。フーデガルドにしか咲かない珍しい花で、とてもいい香りがするし、枯れると花びらが虹色の硬い鱗《うろこ》のように変化して、それを持っていると幸運のお守りになるそうなの。どうぞお受け取りを」

クローディアがポンとドーセットの首を叩いて合図すると、口に咥《くわ》えていた白い薔薇《ばら》に似た花を一輪バルコニーの柵に載せた。ほかの竜たちもかわるがわるバルコニーの前まで飛んできて咥えていた花を一輪ずつプレゼントしてくれ、フランもフェリウスも両手に抱えきれないほどの大きな花束になる。

背後の室内にいたルドヤードとアドミラがバルコニーまで駆けつけ、「クローディア……！」と声を掛けると、ハッと気まずげな顔でクローディアが頭を下げた。

「父上母上、その節は本当にごめんなさい。でも今はドーセットと毎日幸せなの。子供ができたらまたこっそり見せに来るから、それまでどうぞお元気で」

そう言うと、来たときと同様あっという間に姉と竜人たちは去っていった。

それを見送ってから、フランは胸いっぱい花の香りを吸いこむ。

次姉《じし》とフェリウスの胸にわずかでも残っていたしこりが完全になくなったことも嬉しかったし、次姉が来てくれたように、もしかしたら長姉《ちょうし》もこっそり群衆に紛《まぎ》れて見に来てくれているかもしれないと思ったとき、フェリウスが白い花束を抱えながらフランに言った。

「フラン、こんなに素敵なものをいただいて、ふたりで独占するのも悪いし、この場にいるみんなにお裾《すそ》分《わ》けしてもいいかな。私は君を得られてもう充分すぎるほど幸運だし、これ以上の御利益《ごりやく》はいらないから」

はにかむような笑顔で告げられ、フランは感極まる。

自分も同じ気持ちだと目で伝えてから、ふたりでバルコニーから花を降らせ、ラフェルテにひとりずつに行きわたるように魔法をかけてもらう。

竜の大群を味方につけ、幸運のお守りの稀少《きしょう》な花を惜しげもなく分け与える王子と伴侶に、自然に広場から歓声と拍手が沸き起こり、フランとフェリウスは笑顔で手を振ってお披露目を終えた。

その後の王宮の祝宴でも、花嫁探しの舞踏会に招待した令嬢たちから「ほかのご令嬢を選ばれるよりは、お相手が殿下でよかったですわ」と概《おおむ》ね好意的に受け入れてもらえた。

遅くまで続いた宴が終わり、やっとふたりだけになってから、フランは心地よい疲労を覚えながらフェリウスに言った。

「殿下、本当に結婚しちゃいましたね、僕たち……」

しみじみと一日を振り返って幸福な溜息を零《こぼ》すと、

「本当だね。こんな日が来るなんて、君と初めて出会った頃には思いもよらなかったけれど、すごく嬉しいよ」

と愛《いと》おしげに抱きあげられ、寝台に運ばれる。

最愛の相手を身の奥で感じる行為に否やはなかったが、まだこの美麗な婚礼衣装の姿を絵に残せていないから、先にスケッチだけでも、と頼もうとしたとき、相手の髪からにょきっと黒い耳がふたつ飛び出したのが見えた。

「で、殿下っ、また耳が……！」

ひと月前に初めて結ばれたときも耳と尻尾が生《は》えてきて、翌日ラフェルテに二度とこうならないように魔法をかけてもらったはずだった。

なのになんでまた、と驚愕《きょうがく》するフランにフェリウスは一瞬（おや）という顔をしただけで、

「きっと君を食べたくなると毎回こうなる体質になってしまったのかもしれない。私は特に支障を感じないんだけれど、君は夜だけ狼になる婿なんてお気に召さないかな」

とするりと尻尾であらぬ場所を撫でられ、フランはびくっと震える。

ウルヴァーのように真逆の嘘もつけず、フランは頬を熱くしながら相手の首に両腕を回し、かぷっと黒い耳に噛みつくことで返事を伝えたのだった。

この本を読んでのご意見、ご感想などをお寄せください。
小林典雅先生・小山田あみ先生へのはげましのおたよりもお待ちしております。

〒113-0024　東京都文京区西片2-19-18　新書館
[編集部へのご意見・ご感想] 小説ディアプラス編集部「王子と狼殿下のフェアリーテイル」係
[先生方へのおたより] 小説ディアプラス編集部気付　〇〇先生

- 初出 -
王子と狼殿下のフェアリーテイル：書き下ろし
Happy Wedding & Ending：書き下ろし

[おうじとおおかみでんかのフェアリーテイル]
王子と狼殿下のフェアリーテイル

著者：**小林典雅** こばやし・てんが

初版発行：2023年7月25日

発行所：株式会社 新書館
[編集] 〒113-0024
東京都文京区西片2-19-18　電話（03）3811-2631
[営業] 〒174-0043
東京都板橋区坂下1-22-14　電話（03）5970-3840
[URL] https://www.shinshokan.co.jp/

印刷・製本：株式会社 光邦

ISBN978-4-403-52578-0 ©Tenga KOBAYASHI 2023 Printed in Japan